MADEMOISELLE BELLE

nouvelles de jeunesse

DU MÊME AUTEUR AUX ÉDITIONS GRASSET :

PRIÈRES EXAUCÉES, *édition augmentée de lettres inédites de l'auteur*, « Les Cahiers rouges », 2006.
LA TRAVERSÉE DE L'ÉTÉ, « Les Cahiers rouges », 2016.

TRUMAN CAPOTE

MADEMOISELLE BELLE

nouvelles de jeunesse

Traduit de l'anglais (États-Unis) par
NICOLAS RICHARD

BERNARD GRASSET
PARIS

L'édition originale de cet ouvrage a été publiée en 2015,
par Random House, sous le titre :

THE EARLY STORIES

Les nouvelles suivantes ont été publiées par *The Green Witch* :
« La croisée des chemins » (janvier 1940), « Terreur dans les marais » (juin 1940), « La phalène dans la flamme » (décembre 1940), « Mademoiselle Belle » (décembre 1941) et « Hilda », « Louise » et « Lucy » (mai 1941).

Certaines nouvelles ont paru en allemand dans *Zeit* en 2013 :
« Terreur dans les marais », « Mademoiselle Belle » et « Un cadeau pour Jamie ».

Photo de la jaquette : © Graphic House/Getty Images

ISBN : 978-2-246-85935-2

PRÉFACE

Il n'est guère surprenant que Truman Capote ait, dès l'adolescence, écrit des douzaines de nouvelles et de nombreux poèmes. En revanche, qu'on y reconnaisse déjà la plume de l'écrivain qu'il allait devenir a été une découverte extraordinaire.

Réunis à la New York Public Library pour examiner les archives de l'auteur – emballées dans trente-neuf cartons grossièrement classés, où s'entassaient d'innombrables tapuscrits et notes manuscrites griffonnées sur des feuilles jaunies par le temps ou dans des calepins mouchetés de noir et de blanc, ceux que l'on peut encore acheter aujourd'hui pour quelques dollars dans toutes les papeteries américaines –, nous pensions trouver, dans la boîte marquée « High School Writings (1935-1943) », la prose immature d'un adolescent.

Certes, nous savions qu'il avait, dès l'âge de huit ans, passé tous ses après-midi assis à la machine à écrire, et qu'à neuf ou dix ans il avait pris la décision irrévocable de devenir écrivain, néanmoins nous ne pouvions imaginer que la plupart de ses œuvres de jeunesse révéleraient une telle maturité, autant sur le plan de la dramaturgie que du langage ou de la sensibilité. Il y a une grâce dans le ton, et si l'on peut parler d'acuité émotionnelle, ces textes en sont certainement empreints.

Dès ses premiers écrits, on décèle la volonté qui sera celle de l'écrivain adulte de composer des phrases simples, « aussi claires qu'un ruisseau de montagne ». Ils révèlent au lecteur que Capote accède à une réalité poétique supérieure. L'ampleur et l'élégance de son style se font sentir dès ses premiers pas littéraires, à l'âge de quatorze, quinze ou seize ans.

Les quelques textes que l'on peut dater avec précision sont ceux qui parurent dans la revue de son école, *The Green Witch*, dont certains portent la mention « Premier ou deuxième prix – Nouvelle ». Mais ils pourraient aussi être plus anciens, puisque Capote avait l'habitude de réécrire constamment ses histoires.

Au début des années quarante, déjà, alors qu'il fréquentait la Franklin School à New York et la Greenwich Highschool, dans le Connecticut, ses phrases font entendre cette mélodie reconnaissable entre toutes, propre à Capote. Elles exhalent le parfum de la terre des États du Sud, brûlée par les longs étés : une odeur presque aigre, porteuse de mauvais présages.

Considérant la discipline comme la clé du succès, il apprit le métier en autodidacte, soutenu ensuite par sa professeure d'anglais qui reconnut son talent et le défendit, lui, le mauvais élève, contre ses collègues. Infatigable, il travaillait ses phrases, ses images, s'essayait aux formes, aux couleurs et aux genres les plus variés : la différence entre une expérience formelle comme « Circulation vers l'ouest » et la caricature sarcastique qu'est « Âmes sœurs » témoigne de la diversité à laquelle il aspirait.

Le travail d'écriture fut pour lui un constant apprentissage. En attestent les minuscules pattes de mouche qui saturent de modifications et de corrections les marges de certains de ses manuscrits. On trouve aussi dans ces nouvelles des personnages et des motifs qu'il réemploiera souvent de nombreuses années plus tard (par exemple celui du mocassin d'eau : un serpent l'avait véritablement mordu au genou quand il avait neuf ans et, comme dans « La Boutique du moulin », une fille de ferme avait pressé sur la morsure des poulets écorchés vifs afin que leur sang absorbe le poison).

Ainsi, il est possible que l'annotation sous le titre du manuscrit de « La Boutique du moulin » ne soit pas, comme on serait en droit de le supposer, l'œuvre d'un professeur, mais la sienne, après qu'il eut relu et corrigé l'histoire, portant sur elle un regard critique. Car rien ne lui importait plus que l'écriture – il la décrivit un jour comme un « petit démon » qui s'était emparé de lui lorsqu'il était enfant. Celui-ci lui avait alors permis de raconter l'enfance dont il venait tout juste de sortir, de dépeindre son propre caractère – avec un certain recul, une distance plus spirituelle que temporelle et néanmoins une proximité incroyable avec ses personnages, souvent des enfants. Même lorsque les protagonistes sont issus d'une réalité qui n'aurait jamais pu être la sienne, il est stupéfiant de voir à quel point il est capable de se mettre à leur place, lui, le jeune garçon blanc du sud des États-Unis pendant la ségrégation raciale : Noirs, vieilles femmes, hommes âgés face à la mort, amoureux transis ou jeunes filles.

Il avait la ferme intention de devenir célèbre et, de ce fait, eut toujours une vision bien précise de sa carrière d'écrivain. Célèbre, mais aussi reconnu par le monde entier. Serait-ce parce que, sa vie entière, il resta l'enfant abandonné, trimballé à droite et à gauche et qui voulait revoir sa mère, luttant pour gagner son amour (même si dès l'enfance il semble avoir eu conscience de la vanité de ses espoirs) ?

Peut-être tentait-il, par l'écriture, de lui tenir tête, peut-être lui donnait-il corps en la fixant par les mots. Dans « Un cadeau pour Jamie » par exemple, il exprime son désir de figure maternelle idéale.

Chacun est seul au monde : voilà le leitmotiv des nouvelles de jeunesse rassemblées ici. Le terme de solitude n'est jamais employé, mais il utilise la puissance émotionnelle contenue dans cette idée pour créer une atmosphère.

Son éditeur Robert Linscott déclara en 1948, lorsque parurent *Les Domaines hantés*, que Capote était « très sûr de lui en tant qu'artiste et artisan », mais pas du tout en tant qu'homme, qu'il possédait « tous les stigmates du génie ».

L'ensemble de son œuvre puise donc ses racines dans les douleurs de son enfance, dans sa prise de conscience originelle d'être un enfant non désiré (sa mère voulait avorter), à qui l'amour de ses parents ne semblerait jamais certain, ni inconditionnel : tantôt il était assailli de preuves d'amour, tantôt il était de nouveau brimé, tancé – mais la plupart du temps, ses parents étaient tout simplement absents.

Il a lui-même décrit dans une interview l'épisode qui déclencha ce traumatisme : à deux ans, sa mère l'enferma un soir dans une chambre d'hôtel avant de sortir faire la fête. Notons par ailleurs qu'un de ses textes d'adolescent s'intitule « I Feel Like a

Motherless Child », mais le Truman Capote Literary Trust, qui gère sa succession, s'étant opposé à sa publication, il ne figure pas dans le présent recueil.

Truman Capote a sans doute toujours été un personnage hors du commun, aux innombrables failles. Dans *Ne tirez pas sur l'oiseau moqueur*, Harper Lee peint le portrait de son ami d'enfance sous les traits de l'excentrique Dill, dont l'une des premières phrases est : « Peut-être [que je suis petit], mais je suis un grand. » Et à vingt-quatre ans, après son sensationnel premier roman, Capote aimait rappeler qu'on le prenait pour un enfant de douze ans – alors qu'à douze ans, il écrivait déjà avec la maîtrise que d'autres ont à cinquante.

Comme s'il avait décidé de ne jamais muer, sa voix resta toute sa vie haut perchée, pareille à celle d'un écolier ; sa voix narrative, au contraire, était d'une incroyable maturité, apte à saisir toutes les subtilités de l'âme humaine. Sa radicalité d'auteur se nourrissait de la misère de son enfance (qui devait hélas finir par le tuer). Enfant, il était profondément malheureux chaque fois que sa mère rompait à nouveau sa promesse de vivre avec lui, si malheureux qu'un jour, lorsqu'elle le laissa une fois de plus chez ses trois vieilles tantes à Monroeville en Alabama, il but jusqu'à la dernière goutte la bouteille de parfum qu'elle avait oubliée.

À chacune de ses visites, il essayait de se persuader qu'elle l'emmènerait, « mais au bout de trois ou quatre jours, elle partait, raconta-t-il plus tard, et je restais là, sur la route, à la regarder s'éloigner dans une Buick noire qui devenait de plus en plus petite. Imaginez un chien, qui veille et attend et espère qu'on va venir le chercher. Voilà à quoi je ressemblais à cette époque ».

Le parfum préféré de sa mère, « Soir de Paris », apparaît d'ailleurs dans la nouvelle « Mojave » parue en 1975 : c'est le parfum d'un jeune gigolo que le héros de l'histoire ne peut pas sentir.

Capote ne réussit jamais à se débarrasser de sa mère – peut-être n'y parvient-on jamais véritablement –, mais dans son cas il est assez troublant d'observer comme il la conjure, elle et son influence sur lui, à travers l'écriture, notamment dans *Petit déjeuner chez Tiffany*, à travers le personnage de Holly (qui, d'une simple fille du Sud, Lulamae Barnes, deviendra la poupée de luxe Holly Golightly – tout comme sa mère, la belle et naïve Lillie Mae Faulk, fille de la campagne, se réinventa en devenant l'ensorcelante Nina Capote). Cependant, il réalisa dès son plus jeune âge à quel point elle était dépourvue d'instinct maternel et humain, ce qui suscita d'étranges réactions de sa part : très tôt conscient que sa nature efféminée et délicate rebutait sa mère, qui le trouvait maniéré, il ne fit pourtant jamais un mystère de son homosexualité, pas même pendant son adolescence – ses camarades de classe gardaient de lui le souvenir d'un original qui n'avait pas honte de sa différence et qui savourait au contraire ce rôle particulier en se mettant littéralement en scène. Il aimait que les regards convergent vers lui, et rien ne le vexait davantage que d'être ignoré.

Truman Streckfus Persons décida en toute conscience de laisser derrière lui l'enfant misérable qu'il était pour devenir l'écrivain à succès Truman Capote.

Tandis que sa mère s'obstinait à vouloir faire de lui un « vrai garçon », Truman refusa non seulement de devenir un homme ordinaire, mais il transforma – et il se pourrait bien que ce soit là un de ses plus grands talents – son désespoir en vertu : il avait compris qu'il était singulier et s'employa à le devenir plus encore.

Grâce à son talent, il réconcilia ses contradictions intérieures. Marginalisé sa vie entière, jugé comme un être déficient par les personnes qui comptaient le plus pour lui, c'est précisément ce caractère unique, que sa mère considérait comme un défaut, ainsi que sa capacité à divertir et à charmer qui firent de lui le préféré de tous.

En 1946, dans « L'épervier sans tête » (nouvelle tirée du recueil *Un arbre de nuit et autres histoires*,

Gallimard, 1953), Capote prête au protagoniste Vincent les pensées suivantes : « Il secoua la tête et se demanda pourquoi l'excentricité éveillait toujours en lui une si curieuse admiration. C'est pourquoi, enfant, il aimait tant les phénomènes de foire. Du reste, tous les êtres qu'il avait chéris avaient toujours eu en eux quelque chose d'anormal, de brisé. Mais, chose étrange, cette particularité finissait toujours par faire cesser, en l'anéantissant, l'attraction dont elle avait été la source. »

De même, Capote aimait chacun de ses personnages, et peu importait qu'ils soient brisés ; jamais il ne trahit aucun d'entre eux. Ce serait une erreur de prendre l'utilisation alors courante des vocables « nègre » ou « négro » pour une hostilité à l'égard des gens de couleur. Au contraire, Capote décrivit avec une grande empathie le quotidien des Noirs dans les États du Sud, et c'est avec précaution qu'il eut recours aux appellations usuelles de l'époque.

Il partageait leurs sentiments et leur donna vie pour nous. Dès l'adolescence, il sut rendre tangible l'amour et son absence, en racontant les moments où on le perd.

Près de quarante ans plus tard, cela devait causer sa perte : il mourut le 25 août 1984 chez une de ses dernières amies, coupé de cette société dont il avait été le favori, des suites de sa dépendance à l'alcool et aux médicaments, de sa vieille peur d'enfant d'être abandonné.

L'éclat et les paillettes, le feu des projecteurs, la célébrité – même éphémère – dont il rêvait en créant le personnage de Sally Lamb dans « Au commencement du monde », tout cela avait depuis longtemps disparu. Quelle triste ironie du sort qu'il ait dès l'enfance aspiré à la gloire sans jamais oublier combien elle était illusoire. Ou bien, comme il l'écrit à la fin de « Hilda », lorsqu'une jeune fille de seize ans s'enfuit du bureau du directeur de l'école après que celui-ci l'a accusée (à raison) de vol : « Au bout d'un moment, le point de côté se dissipa. Elle ouvrit alors son grand livre vert de latin, et, derrière ses couvertures protectrices, se mit à pleurer doucement, tripotant inconsciemment la chaînette en or de la clé posée sur ses genoux. »

Cette même clé dorée qui se trouvait sur le bureau du directeur et qu'elle avait subtilisée pendant son interrogation. Comme si Capote, alors très jeune écrivain, avait déjà entrevu qu'on a certes quelque chose à dérober au monde, mais qu'on ne le fera jamais impunément.

Anuschka Roshani, le 25 août 2015

Traduit de l'allemand par Frédéric Balmès

Mademoiselle Belle

La croisée des chemins

Le crépuscule descendait ; les lumières de la ville, au loin, commençaient à scintiller ; sur la route brûlante et poussiéreuse, deux silhouettes avançaient, celle d'un homme imposant et vigoureux, et l'autre jeune et délicate.

La chevelure rousse flamboyante de Jake lui encadrait le visage, ses sourcils ressemblaient à des cornes, ses muscles volumineux étaient menaçants, sa salopette usée et déchirée, et ses orteils transperçaient la toile de ses chaussures. Il se tourna vers le jeune gars qui marchait à côté de lui et dit : « Je crois bien qu'il est temps de dresser le camp pour ce soir. Tiens, gamin, prends ce ballot et pose-le donc là ; ensuite va chercher du bois – et grouille-toi. J'ai envie de préparer la graille avant la tombée de la nuit. Faut pas qu'on se fasse repérer. Allez vas-y, tarde pas. »

Tim obéit et se mit à ramasser du bois. Ses frêles épaules ployaient sous l'effort, ses traits émaciés étaient tendus sur ses os saillants. Son regard était torve mais bienveillant ; il s'activait en faisant la moue, avançant sa bouche rouge cerise.

Il rassembla un beau tas de bois pendant que Jack découpait des tranches de lard, qu'il déposa dans la gamelle enduite de graisse. Puis, comme le bois était prêt pour faire un feu, il fouilla dans sa salopette à la recherche d'allumettes.

« Bon sang, où est-ce que je les ai mises ? Elles sont où ? C'est pas toi qui les as, gamin, si ? Dingue, c'est bien ce que je pensais. Ah, les voilà. » Il sortit une pochette d'allumettes de sa poche, en alluma une, et protégea la flamme fluette de ses mains rugueuses.

Tim mit la gamelle avec le lard sur le petit feu qui prenait rapidement. Le lard resta tel quel pendant une minute environ, puis il y eut un début de grésillement et il se mit à frire. La viande dégageait une odeur franchement rance. Les vapeurs exhalées rendirent Tim encore plus livide qu'il ne l'était.

« Dis donc, Jake, je sais pas si je vais pouvoir avaler cette saleté. J'ai l'impression qu'il est plus bon, ton lard. Je crois qu'il est avarié.

— Tu mangeras ça ou rien. Tu serais pas si radin avec ton pognon, on aurait pu se dégoter un truc correct à manger. Fichtre, gamin, tu as un petit pactole de dix dollars. Me dis pas que tu vas tout dépenser, rien que pour rentrer chez toi.

— Mais si, j'ai déjà fait le calcul. Le billet de train va me coûter cinq dollars et je veux m'acheter un habit neuf, à peu près trois dollars, ensuite je veux offrir un truc chouette à m'man, environ un dollar ; et je me dis que, pour la graille, j'en aurai pour un dollar. Je veux des habits corrects. M'man et les autres savent pas que j'ai été en vadrouille dans tout le pays ces deux dernières années ; ils me croient commis voyageur – c'est ce que je leur ai écrit ; ils pensent que je reviens à la maison pour quelque temps avant de repartir faire un petit voyage quelque part.

— Je devrais te piquer ton flouze – j'ai rudement la dalle – je pourrais te la piquer, cette thune. »

Tim se releva, sur ses gardes. Son corps faible et frêle était risible comparé aux muscles rebondis de Jake. Jake le dévisagea et éclata de rire. Il s'appuya contre un arbre et rugit : « T'es t'y pas un drôle de zouave, toi ? Espèce de demi-portion, je te casserais en deux comme une brindille. Je briserais un par un tous les os de ton corps, sauf que t'as été plutôt bon avec moi – à aller chourer des trucs pour moi, tout ça – alors je vais te laisser ton argent de poche. » Il rit à nouveau. Tim le regarda d'un air soupçonneux, puis se rassit sur une pierre.

Jake sortit d'un sac deux gamelles en fer-blanc, disposa trois tranches du lard avarié dans la sienne et une dans celle de Tim. Tim le regarda.

« Elle est où, mon autre tranche ? Y en avait quatre. Deux pour toi, deux pour moi. Elle est où, mon autre tranche ? » répéta-t-il.

Jake le dévisagea. « Je croyais que t'avais dit que tu voulais pas de ce lard avarié. » Il prononça ces derniers mots d'une voix aiguë, sarcastique, féminine, les mains posées sur les hanches.

Tim s'en souvenait, il avait effectivement dit ça, sauf que là, il avait faim, faim et froid.

« Je m'en fiche. Je veux mon autre tranche. J'ai la dalle. Je pourrais manger n'importe quoi. Allons, Jake, donne-moi mon autre tranche. »

Jake éclata de rire et enfourna les trois tranches dans sa bouche.

Pas un mot de plus ne fut prononcé. Tim alla bouder et, assis dans son coin, ramassa des brindilles de pin et les aligna impeccablement au sol. Lorsque enfin il eut fini, il ne put plus supporter le silence crispé.

« Désolé, Jake, tu sais comment c'est. Je suis excité à l'idée de rentrer à la maison et tout ça. Et puis, qu'est-ce que j'ai faim ! Mais bon, je crois bien qu'il va falloir que je me serre encore un peu la ceinture.

— Tu parles. Tu pourrais prendre un peu de ton oseille et nous payer un repas correct. Je sais ce que tu te dis : pourquoi qu'on va pas en piquer, de la boustifaille ? Mais je te préviens, tu me verras pas chouraver quoi que ce soit là-bas. J'ai des collègues qui m'ont raconté que ce patelin, dit-il en tendant le droit en direction des lumières du bourg, c'est un des plus affreux de la région. Ils surveillent les clochards comme des aigles.

— J'imagine que t'as raison, mais tu comprends, je vais pas prendre le risque de paumer ce pognon. Faut que je le fasse durer, parce que c'est tout ce que j'ai et que je risque d'avoir rien d'autre dans les années qui viennent. Je voudrais vraiment pas décevoir m'man. »

Le matin se leva dans toute sa splendeur, le grand disque orange appelé soleil monta tel un messager des cieux dans le lointain horizon. Tim s'était réveillé juste à temps pour voir le lever du soleil.

Il secoua Jake, qui sursauta en demandant : « Qu'est-ce que tu veux ? Ah, c'est l'heure de se réveiller. Diantre, ce que je déteste devoir me lever. » Puis il se fendit d'un long bâillement et étira au maximum ses bras puissants.

« Sûr que ça va être une chaude journée, Jake. J'suis bien content de pas être obligé de marcher. Enfin, disons pas plus loin que la gare.

— Ouais, gamin. Pense à moi, j'ai nulle part où aller, mais je vais continuer, juste marcher en plein soleil. J'aimerais que ce soit toujours comme au début du printemps, ni trop chaud ni trop froid. L'été, je transpire à mort, et l'hiver, je me gèle. Saleté de climat. Je crois que j'aimerais descendre en Floride pour l'hiver, mais y a plus de besogne par là-bas, maintenant. » Il prit les gamelles du repas de la veille, fouilla dans son sac et en sortit un seau. « Tiens, gamin, va voir à la ferme qu'est à quatre cents mètres d'ici et rapporte de l'eau. »

Tim prit le seau et se mit en route.

« Hé, gamin, tu prends pas ton blouson ? T'as point la trouille que je te pique ton pognon ?

— Nan. Je crois que je peux te faire confiance. » Mais dans son for intérieur, Tim savait qu'il devait se méfier. La seule raison pour laquelle il ne se retourna pas est qu'il ne voulait pas que Jake sache qu'il ne lui faisait pas confiance. Il y avait d'ailleurs de bonnes chances que Jake le sût, de toute façon.

Il se mit en route d'un pas lourd. C'était un chemin de terre battue, mais, de si bon matin, la poussière collait encore au sol. La maison blanche était un peu plus loin. En arrivant au portail, il aperçut le propriétaire qui sortait de l'étable, un seau à la main.

« Hé, monsieur, je pourrais s'il vous plaît remplir mon seau ?

— Ma foi. Tiens, la pompe à eau est là. » Il tendait un doigt crasseux vers l'engin dans la cour. Tim entra. Il saisit la poignée et l'actionna de haut en bas et de bas en haut. Soudain l'eau jaillit en un jet glacé. Il s'accroupit et colla la bouche au bec verseur, laissant le liquide froid couler dans sa bouche et l'éclabousser. Une fois le seau rempli, il se remit en route.

Il coupa à travers les broussailles et fut bientôt de retour à la clairière. Jake était penché au-dessus du sac.

« Bon sang, y a plus rien à becqueter. Je croyais qu'il restait au moins deux tranches de lard.

— Oh, ça ira. Une fois au bourg, je pourrai me payer un vrai repas – et peut-être que je t'offrirai une tasse de café – et un petit pain.

— Bah dis, t'es généreux. » Jake le regarda d'un air dégoûté.

Tim ramassa son blouson et enfonça la main dans sa poche. Il en tira un portefeuille en cuir usé dont il défit le fermoir.

« Je m'en vais te montrer l'oseille qui va me permettre de rentrer au bercail. » Il répéta ces mots à plusieurs reprises, en caressant à chaque fois le portefeuille.

Il plongea les doigts à l'intérieur. Il en ressortit la main – vide. Une expression d'horreur et d'incrédulité l'envahit. Il ouvrit en grand le portefeuille, l'écartela puis scruta par terre les aiguilles de pin. Furieux, il courut comme un animal pris au piège – puis ses yeux se posèrent sur Jake. Sa frêle carcasse tremblait de fureur. Il se planta devant lui.

« Rends-moi mon flouze, espèce de voleur, menteur, tu me l'as volé. Je vais te tuer si tu me le rends pas. Rends-le-moi ! Je vais te tuer. T'as promis que tu me le piquerais pas. Voleur, menteur, tricheur ! Rends-le-moi, ou je te zigouille. »

Jake le regarda étonné et dit : « Hé, ho, Tim, gamin, je l'ai pas. Tu l'as peut-être perdu, il est peut-être encore dans ces aiguilles de pin. Cherchons, on va le retrouver.

— Non, il y est pas. J'ai déjà cherché. Tu l'as volé. Y a personne d'autre qui aurait pu le prendre. C'est toi. Où tu l'as mis ? Rends-le-moi, c'est toi qui l'as… Rends-le-moi !

— Je te jure que je l'ai pas. Je te jure au nom de tous mes principes.

— T'as pas de principes. Jake, regarde-moi dans les yeux et jure sur ta tête que t'as pas mon pognon. »

Jake se retourna. Ses cheveux roux semblaient encore plus roux dans la claire lumière du matin, ses sourcils ressemblaient encore plus à des épines. Son menton non rasé saillait, et ses dents jaunes étaient visibles au fond de sa bouche tordue par un rictus.

« Je te jure que j'ai pas tes dix dollars. Si je dis pas la vérité, la prochaine fois que je monte dans un train, je crève.

— OK, Jake, je te crois. Mais alors, où est-ce qu'y peut être, mon pognon ? Tu sais que je l'ai pas sur moi. Si toi tu l'as pas, alors il est où ?

— T'as pas encore fouillé le camp. Regarde partout. Il doit bien être quelque part. Allez, je vais t'aider à chercher. Il s'est pas envolé. »

Tim s'agitait sur place, répétant : « Et si je le retrouve pas ? Je peux pas rentrer au bercail, je peux pas revenir chez moi attifé comme ça. »

Jake se mit à chercher, mais sans grande conviction. Son corps imposant penché en avant, il fouilla dans les aiguilles de pin, dans le sac. Tim ôta ses habits et se tint nu au milieu du camp, à tâter méticuleusement les coutures de sa salopette à la recherche de son argent.

Presque en larmes, il s'assit sur un rondin. « Autant renoncer. Il est pas là. Il est nulle part. J'ai envie mais je peux pas rentrer chez moi. Oh ! M'man, elle va dire quoi ? S'il te plaît, Jake, est-ce que tu l'as ?

— Bon sang, pour la dernière fois, je te dis que NON ! Au prochain coup que tu me demandes, je te casse la figure.

— OK, Jake, je crois bien que je vais être obligé de continuer à vadrouiller avec toi – jusqu'à amasser de nouveau assez d'oseille pour rentrer au bercail –, je peux écrire à m'man une carte et lui dire qu'on m'a déjà envoyé en voyage, et que je passerai la voir plus tard.

— Une chose est sûre, j'ai pas envie que tu continues à vadrouiller avec moi. J'en ai marre des mômes comme toi. Va falloir que tu ailles ton chemin et que tu te trouves par toi-même de la besogne. »

Jake songeait intérieurement : « J'ai envie que le môme m'accompagne, mais faut pas. Peut-être que si je le laisse tranquille, il sera raisonnable, rentrera chez lui et fera quelque chose de sa peau. Faut qu'il fasse ça, qu'il retourne chez lui et dise la vérité. »

Ils s'assirent tous deux sur un rondin. Jake finit par dire : « Gamin, si t'y vas, tu ferais bien de pas tarder. Allons, debout, il est déjà sept heures, file. »

Tim ramassa son havresac, et ils regagnèrent ensemble la route. La puissante et robuste silhouette de Jake avait quelque chose de paternel à côté de Tim. On aurait dit qu'il protégeait un petit enfant.

Ils se tournèrent finalement l'un vers l'autre pour se dire au revoir.

Jake plongea son regard dans les yeux clairs, d'un bleu délavé, de Tim. « Bon, bah, bonne route, gamin, serrons-nous la pince et séparons-nous bons amis. »

Tim tendit sa main minuscule. Jake prit dans sa grosse pogne celle de Tim. Ce fut une poignée chaleureuse – le gamin accepta que sa main soit mollement secouée. Jake lâcha prise – le gamin sentit quelque chose au creux de sa paume. Il l'ouvrit, son billet de dix s'y trouvait. Jake s'éloignait déjà vivement, et Tim lui emboîta le pas. Peut-être était-ce seulement le vif reflet du soleil dans ses yeux – mais peut-être étaient-ce de vraies larmes.

La Boutique du moulin

La femme regardait par la fenêtre arrière de la Boutique du moulin, captivée par les enfants qui jouaient gaiement dans l'eau limpide du ruisseau. Il n'y avait pas un nuage dans le ciel, et le soleil du Sud tapait fort sur la terre. La femme essuya la sueur sur son front à l'aide d'un mouchoir rouge. L'eau, qui s'écoulait vivement par-dessus les galets clairs, au fond du ruisseau, semblait fraîche et donnait envie. Ces pique-niqueurs ne seraient pas là maintenant, se disait-elle, je jure que j'irais m'asseoir dans la flotte pour me refroidir un peu. Pfff !

Presque tous les samedis, des gens venaient du bourg pique-niquer, ils passaient l'après-midi à festoyer sur les berges de galets blancs du Ruisseau du moulin, pendant que leurs enfants pataugeaient dans l'eau moyennement profonde. Cet après-midi, un samedi de la fin août, avait lieu un pique-nique du catéchisme. Trois femmes âgées, des dames du catéchisme, s'activaient dans la zone d'ombre, surveillant avec ardeur les jeunes dont elles avaient la charge.

La femme qui observait de la Boutique du moulin reporta son regard vers l'intérieur du magasin qui, en comparaison, paraissait bien sombre, à la recherche d'un paquet de cigarettes. C'était une femme imposante, à la peau foncée, brûlée par le soleil. Ses cheveux noirs étaient épais mais coupés court. Elle était vêtue d'une robe de calicot ordinaire. Elle alluma sa cigarette et fronça les sourcils à cause de la fumée. Ses lèvres se tordirent, elle grimaça. C'était le seul problème quand elle fumait, bon sang ; ça ravivait la douleur provoquée par les aphtes dans sa bouche. Elle avala la fumée d'un coup, et la succion soulagea un instant la douleur que lui infligeaient les plaies.

Ce doit être l'eau, songea-t-elle. J'ai pas l'habitude de boire l'eau du puits. Elle n'était arrivée dans le coin que trois semaines auparavant, en quête d'un emploi. M. Benson lui avait donné ce boulot, l'occasion de travailler à la Boutique du moulin. Ça ne lui plaisait pas, ici. C'était à huit kilomètres de la ville, et elle n'aimait guère marcher. C'était trop calme, et le soir, quand elle entendait les grillons striduler et les grenouilles-taureaux pousser leur croassement solitaire, elle avait les « chocottes ».

Elle jeta un œil à l'horloge de pacotille. Trois heures et demie, c'était pour elle le moment le plus triste, le plus interminable de la journée. Elle étouffait dans cette boutique qui sentait le kérosène, la farine fraîche de maïs et les bonbons rances. Elle se pencha de nouveau à la fenêtre. Le soleil de l'après-midi d'août brûlait dans le ciel.

Le magasin était sur une berge à pic en terre glaise rouge, qui sortait directement du ruisseau. Sur une rive se trouvait un vieux moulin qui tombait en ruine, dont personne n'avait plus l'usage depuis six ou sept ans. Un barrage branlant en bois gris retenait les eaux du lac alimenté par le ruisseau qui sinuait tel un ruban olive opalescent à travers les bois. Les pique-niqueurs devaient payer un dollar au magasin pour accéder au terrain et pouvoir pêcher dans le lac, en amont du barrage. Une fois, elle avait voulu essayer mais n'avait attrapé que deux poissons-chats tout maigres, osseux et deux mocassins d'eau. Elle avait hurlé en sortant de l'eau les serpents qui se tortillaient dans le vide, leurs corps visqueux luisant au soleil, leurs gueules énormes et venimeuses plantées dans son hameçon. Après le deuxième, elle avait laissé tomber la gaule et le fil, elle avait couru se réfugier au magasin et passé le reste de cette journée moite à se consoler avec des magazines de cinéma et une bouteille de bourbon.

Elle y repensait en regardant les enfants s'amuser dans l'eau. Elle rit un peu, mais elle avait peur des animaux visqueux, voilà tout.

Soudain une jeune voix timide derrière elle interrompit ses pensées : « Mademoiselle… ? »

Elle sursauta et se retourna d'un bond, une lueur féroce au fond de l'œil. « T'es pas obligée d'arriver sur la pointe des pieds – tu veux quoi, jeune fille ? »

Une fillette montrait du doigt la vitrine remplie de confiseries bon marché – bonbons acidulés, bâtonnets de menthe, casse-mâchoire disséminés derrière la vitre. L'enfant montrait le bonbon qu'elle voulait et la femme le prenait puis le mettait dans un petit sac en papier brun. La femme dévisagea avec intensité l'enfant en train de choisir. Elle lui rappelait quelqu'un. C'étaient les yeux de la petite. Ils étaient clairs comme des bulles de verre bleu. Un bleu de ciel pâle. Les cheveux de la fillette tombaient en cascade presque jusqu'à ses épaules. Une belle chevelure couleur miel. Ses jambes, son visage et ses bras étaient d'un brun foncé, presque trop foncé. La femme savait que la fillette avait dû passer beaucoup de temps au soleil. Elle ne pouvait s'empêcher de la regarder fixement.

Après avoir choisi ses bonbons, la petite fille releva la tête et demanda timidement : « J'ai fait une bêtise ? » Elle inspecta sa robe pour voir si elle n'était pas déchirée.

La femme fut gênée. Elle baissa vite les yeux et se mit à rouler le haut du sac en papier. « Pourquoi, euh non… non… pas du tout.

— Ah, je croyais, parce que vous me regardiez d'un drôle d'air. » L'enfant parut rassurée.

La femme se pencha au-dessus du comptoir en tendant le sachet à la petite fille et lui effleura les cheveux. Elle n'avait pas pu s'en empêcher ; ils semblaient si onctueux, comme du beurre doux.

« Comment tu t'appelles, fillette ? » demanda-t-elle.

L'enfant parut effrayée. « Elaine », répondit-elle. Elle prit le sachet, déposa quelques pièces sur le comptoir et sortit à la hâte du magasin.

« Au revoir, Elaine », lança la femme, mais la fillette était déjà dehors, elle traversait en courant le pont pour rejoindre ses camarades de jeux.

C'est tout de même quelque chose, se dit-elle. Cette gamine a les mêmes yeux que lui. Ces satanés yeux. Elle s'assit sur une chaise dans un coin de la boutique, tira une dernière bouffée de sa cigarette avant de l'écraser sur le sol nu. Elle posa la tête sur ses genoux et, dans la chaleur, s'assoupit. Mon Dieu, se dit-elle en somnolant, ces yeux et, gémit-elle, ces maudits aphtes.

Elle fut réveillée par quatre jeunes garçons qui lui secouaient les épaules et sautaient frénétiquement dans toute la boutique, déchaînés. « Réveillez-vous, hurlaient-ils. Réveillez-vous. »

Elle les dévisagea un moment d'un œil torve. Elle avait les joues en feu. Les aphtes lui brûlaient la bouche. Elle passa la langue dessus sans ménagement.

« Il se passe quoi ? s'enquit-elle. Il se passe quoi ?

— Vous avez un téléphone ou une voiture, madame, s'il vous plaît ? demanda un des garçons surexcités.

— Non, non, dit-elle, maintenant parfaitement réveillée. Que se passe-t-il ? Que s'est-il passé ? Le barrage a pas cédé, si ? »

Les garçons se trémoussaient. Ils ne tenaient pas en place ; ils sautaient partout en gémissant : « Oh, qu'est-ce qu'on va faire ? Elle va mourir, elle va mourir ! »

La femme commençait à perdre patience. « Bon sang, dites-moi ce qui s'est passé ! Dites-moi, mais vite !

— Y a une fille qui s'est fait mordre par un serpent, sanglota un petit garçon joufflu.

— Nom d'un chien, où ça ?

— Dans le ruisseau », dit-il en tendant le doigt vers la fenêtre.

La femme sortit en trombe de la boutique. Elle traversa le pont au pas de course et descendit sur la plage de galets. Il y avait tout un attroupement de l'autre côté du banc de sable. Une des dames du catéchisme s'agitait, affolée, autour des gens rassemblés, hurlant à tue-tête. Certains enfants se tenaient sur la rive, les yeux exorbités par l'horreur et la stupéfaction, rivés sur cet accident qui avait interrompu leurs jeux.

La femme se fraya un passage et vit l'enfant allongée sur le sable. C'était la fillette aux yeux bleus comme du verre soufflé. « Elaine », s'écria la femme. Tout le monde se tourna vers la nouvelle arrivante. Elle s'assit à côté de la petite et regarda la morsure. Déjà elle enflait et la peau tout autour changeait de couleur. La fillette tremblait, pleurait et se donnait des coups sur la tête.

« Vous avez pas une voiture ? demanda la femme de la boutique à une des dames du catéchisme. Vous êtes venus comment ici ?

— À pied », répondit la dame, les yeux emplis de peur et de confusion.

La femme se tordait les mains de colère. « Écoutez-moi bien, dit-elle. La gamine est dans un état grave. Il y a des chances qu'elle y reste. »

Tous la dévisageaient sans bouger. Que faire ? Ils étaient impuissants, trois pauvres dames et plein d'enfants.

« Bon, bon, s'écria la femme de la boutique. Toi, tu vas vite remonter et me ramener deux poulets. Vous mesdames, trouvez quelqu'un qui va courir au village chercher un médecin. Dépêchez-vous, dépêchez-vous. On n'a pas une minute à perdre.

— Mais qu'est-ce qu'on peut faire pour la petite ? demanda une des dames.

— Je vais vous montrer », répondit la femme de la boutique.

Elle s'agenouilla à côté de la fillette et considéra la plaie, qui était maintenant très enflée. Sans un instant d'hésitation, elle se pencha et colla la bouche contre la morsure. Elle suça, suça, se relevant toutes les quelques secondes pour recracher une espèce de liquide poisseux. Il ne restait plus que quelques enfants et une des dames. Ils regardaient avec un mélange de fascination horrifiée et d'admiration. Le visage de la fillette devint d'un blanc crayeux et elle s'évanouit. La femme recrachait une mixture de salive et de poison. Elle finit par se relever et courut jusqu'au ruisseau. Elle se rinça la bouche et se gargarisa furieusement.

Les enfants revinrent avec les poulets. Trois gros poulets bien gras. La femme en attrapa un par les pattes, sortit son couteau de poche et l'éventra ; du sang chaud aspergea tout. « Le sang attire le poison qui reste », expliqua-t-elle.

Quand le premier poulet devint vert, elle en éventra un autre qu'elle plaça contre la morsure de la fillette.

« Allons-y, maintenant, dit-elle. Soulevez-la et amenez-la à la boutique. Nous attendrons là-bas l'arrivée du médecin. »

Les enfants s'empressèrent d'obéir et, combinant leurs efforts, réussirent à la porter sans trop la secouer. Ils franchissaient le pont lorsque la dame du catéchisme dit : « Vraiment, je ne sais comment nous pouvons vous remercier, ça a été… »

La femme de la boutique la poussa sur le côté, traversa le pont précipitamment. Les aphtes la faisaient terriblement souffrir, le poison avait tout enflammé et elle se sentit atrocement écœurée en pensant à ce qu'elle venait de faire.

Hilda

« Hilda – Hilda Weber, viens me voir un instant, s'il te plaît. »

L'élève traversa vite la classe et s'arrêta à côté du bureau de Mlle Armstrong.

« Hilda, dit Mlle Armstrong d'une voix douce. Monsieur York aimerait te voir après le cours. »

Hilda la regarda un moment d'un air interrogatif, puis secoua la tête, ses longs cheveux noirs ondulant d'un côté puis de l'autre, recouvrant en partie son visage agréable.

« Vous êtes sûre, mademoiselle Armstrong ? Je n'ai rien fait. » Elle avait une voix apeurée mais très mature pour une jeune fille de seize ans.

Mlle Armstrong paraissait ennuyée. « Je ne peux rien te dire de plus que ce qu'il y a sur ce mot. » Elle lui tendit le bout de papier blanc.

Hilda Weber – mon bureau – 15 h 30.
M. York, directeur.

Hilda retourna lentement à son bureau. Le soleil brillait avec éclat à travers la fenêtre et elle cligna des yeux. Pourquoi était-elle convoquée dans le bureau du directeur ? C'était la première fois que cela lui arrivait, or cela faisait presque deux ans qu'elle fréquentait le lycée de Mount Hope.

II

Quelque part dans un petit coin de sa tête sourdait une peur insidieuse. Elle pressentait la raison pour laquelle le directeur voulait la voir – mais non, ce ne pouvait pas être cela – personne n'était au courant, personne ne soupçonnait quoi que ce fût. Elle était Hilda Weber – une élève travailleuse, sérieuse, timide et modeste. Personne ne savait. Comment cela serait-il possible ?

Elle se sentit un peu rassurée. M. York la convoquait sans doute pour un autre motif. Peut-être souhaitait-il qu'elle intègre le comité d'organisation du grand bal de fin d'année du lycée. Elle sourit faiblement et attrapa son grand livre vert de latin.

Lorsque la cloche de la récréation sonna, Hilda alla directement voir M. York. Elle présenta sa convocation à la secrétaire obséquieuse, installée à son bureau, devant la porte du directeur. Lorsqu'on lui dit qu'elle pouvait entrer, elle crut que ses jambes allaient céder sous elle. Elle tremblait, de nervosité et d'excitation.

Hilda avait déjà vu M. York dans les couloirs du lycée, elle l'avait entendu parler aux réunions du matin, mais elle ne se rappelait pas avoir jamais personnellement parlé avec lui. C'était un homme de grande taille, au visage fin barré d'une grande touffe de cheveux roux. Il avait des yeux pâles comme la mer et, pour l'instant, extrêmement sympathiques.

Hilda entra dans le bureau exigu modestement meublé, livide, le regard trouble.

III

« Vous êtes Hilda Weber ? » Il s'agissait là moins d'une question que d'une affirmation. La voix de M. York était grave et agréable.

« Oui, monsieur le directeur. » Hilda fut étonnée par le calme de sa propre voix. Intérieurement elle était glacée et agitée, ses mains se cramponnaient si fort à ses livres qu'elle sentait sa propre sueur chaude. Il y avait quelque chose d'atroce et d'effrayant à être convoquée chez le directeur, mais son regard sympathique la désarmait.

« Je lis dans votre dossier, dit-il en consultant une grande fiche cartonnée jaune, que vous êtes une excellente élève, venue ici après une scolarité dans un pensionnat de l'Ohio et que vous êtes actuellement en classe de première dans notre lycée de Mount Hope. Est-ce exact ? » demanda-t-il.

Elle hocha la tête et le regarda intensément.

« Dites-moi, Hilda, qu'est-ce qui vous intéresse le plus ?

— À quel sujet, monsieur le directeur ? » Il fallait qu'elle se tienne sur ses gardes.

« Ma foi, concernant une future carrière dans la vie. » Il avait pris sur son bureau une chaînette en or à laquelle était accrochée une clé, qu'il faisait tourner.

« Eh bien, je ne sais pas, monsieur. Je me disais que j'aimerais être actrice. Je me suis toujours beaucoup intéressée au théâtre. » Elle sourit, baissa les yeux, cessant de regarder le visage fin pour fixer le mouvement flou de la chaînette qui tournoyait.

« Je vois, dit-il. Je pose la question uniquement parce que je voudrais vous comprendre. J'aimerais arriver à vous comprendre. » Il fit pivoter son siège et s'assit bien droit face à son bureau. « Oui, j'aimerais y arriver. » Elle remarqua qu'il s'était départi de son expression avenante.

IV

Elle tripotait nerveusement ses livres. Il ne l'avait pas encore accusée, mais elle se savait en train de rougir ; elle sentait une bouffée de chaleur lui envahir tout le corps. Soudain l'air étouffant de la pièce fut insupportable.

Il posa la chaînette. Il s'apprêtait à parler, elle le sut car elle l'entendit prendre sa respiration, mais elle n'osa pas lever la tête pour le regarder car elle savait ce qu'il allait dire.

« Hilda, vous n'ignorez pas, je suppose, qu'il y a eu une recrudescence de vols dans les casiers des élèves. » Il s'interrompit un moment. « Cela dure maintenant depuis un certain temps – mais jusqu'à maintenant nous n'avons pas été en mesure de mettre la main sur la jeune fille qui détrousse ses camarades. » Il était à présent sévère, résolu. « Il n'y a pas de place dans cet établissement pour une voleuse ! » dit-il gravement.

Hilda baissait la tête, contemplant ses livres. Elle sentait son menton trembler et elle se mordit les lèvres. M. York fit mine de se lever de son siège mais se ravisa et se rassit. Ils restèrent tous deux face à face dans un silence tendu, contraint. Il finit par sortir du tiroir une petite boîte bleue dont il vida le contenu sur le bureau. Deux bagues en or, un bracelet à breloques et quelques pièces de monnaie.

« Reconnaissez-vous ces objets ? » demanda-t-il.

Elle les regarda fixement un long moment. Quarante-cinq longues secondes s'écoulèrent. Ils devenaient flous sous ses yeux.

« Mais je n'ai rien volé de tout ça, monsieur York, si c'est ce que vous voulez dire ! »

V

Il soupira. « Ils ont été trouvés dans votre casier ; en outre – nous vous avons à l'œil depuis un bon moment !

— Mais je n'ai pas… » Elle s'interrompit brutalement, c'était sans espoir.

Et puis M. York s'exclama : « Ce que je n'arrive pas à comprendre, en revanche, c'est ce qui pousse une enfant comme vous à faire une chose pareille.

Vous êtes brillante, et, pour autant que je sache, de bonne famille. Franchement, je suis tout à fait déconcerté. »

Elle restait assise en silence, à tripoter ses livres, elle avait l'impression que les murs se refermaient sur elle, comme pour l'étouffer.

« Ma foi, poursuivit-il, si vous n'avez pas d'explication à me fournir, je crains de ne pouvoir faire grand-chose pour vous. Ne vous rendez-vous donc pas compte de la gravité de cette infraction ?

— Ce n'est pas ça, fit-elle d'une voix râpeuse. Ce n'est pas que je ne veux pas vous dire pourquoi j'ai volé ces objets – c'est juste que je ne sais pas comment vous dire parce que je ne me connais pas. » Ses épaules fines étaient secouées de spasmes, elle tremblait violemment.

Il scruta le visage de la jeune fille – comme il était difficile de punir la fragilité chez une enfant. Il était visiblement ému, il le savait. Il marcha jusqu'à la fenêtre et ajusta les stores.

Hilda se leva. Elle était prise d'une haine nauséeuse pour cette pièce exiguë et ces babioles brillantes étalées sur le bureau. Elle entendait la voix de M. York, qui lui paraissait venir de très loin, distante.

VI

« C'est très grave, il va falloir que je voie vos parents, j'en ai peur. »

L'angoisse envahit le regard de Hilda. « Vous n'allez pas le dire à mes… ?

— Bien sûr que si », répondit M. York.

Soudain plus rien n'eut d'importance aux yeux de Hilda, hormis l'urgence de quitter ce petit bureau, son mobilier hideux, son occupant aux cheveux roux, les bagues, le bracelet, l'argent. Elle les détestait !

« Vous pouvez disposer.

— Merci, monsieur le directeur. »

Quand elle sortit du bureau, M. York était occupé à remettre les bijoux dans la petite boîte bleue. Elle passa lentement devant la secrétaire, s'engagea dans le long couloir vide avant de sortir dans la claire lumière de l'après-midi d'avril.

Puis, brusquement, elle se mit à courir, à courir vite, de plus en plus vite. Elle parcourut la rue du lycée, puis arriva au bourg et s'engagea dans la rue principale. Elle se moquait de savoir si les gens la regardaient ; tout ce qu'elle voulait c'était aller le plus loin possible. Elle s'enfuit jusqu'à l'autre bout du bourg et entra dans le parc. Il n'y avait que quelques femmes et leurs landaus. Elle s'effondra sur l'un des bancs inoccupés et se tint le flanc. Au bout d'un moment, le point de côté se dissipa. Elle ouvrit alors son grand livre vert de latin, et, derrière ses couvertures protectrices, se mit à pleurer doucement, tripotant inconsciemment la chaînette en or de la clé posée sur ses genoux.

Mademoiselle Belle

J'avais huit ans la première fois que j'ai vu Mademoiselle Belle Rankin. C'était une chaude journée d'août. Le soleil déclinait dans le ciel strié de bandes écarlates, et une chaleur sèche et vibrante s'élevait de la terre.

J'étais assis sur les marches du porche, devant la maison, j'observais une Noire qui approchait, me demandant comment elle arrivait à porter un si gros tas de linge sur sa tête. Elle s'arrêta et accueillit mon salut de ce rire sombre et traînant typique des Noirs. C'est alors que Mademoiselle Belle apparut de l'autre bout de la rue, avançant de son pas lent. La laveuse l'aperçut et, comme soudain effrayée, elle s'interrompit au milieu d'une phrase, et s'empressa de poursuivre son chemin.

Je contemplai un long moment et avec attention cette inconnue qui passait, capable de susciter une telle réaction. Elle était petite et toute de noir vêtue, empoussiérée, l'habit strié, elle paraissait incroyablement vieille et ridée. De fines mèches grises barraient son front mouillé de transpiration. Elle marchait tête baissée, fixant le trottoir en terre battue, presque comme si elle cherchait quelque chose qu'elle aurait perdu. Un vieux chien au pelage noir et marron clair la suivait, avançant sans but sur les traces de sa maîtresse.

Je la vis à de nombreuses reprises après cela, mais cette première vision, presque comme dans un rêve, demeurera la plus nette – Mademoiselle Belle marchant sans bruit dans la rue, des petits nuages de poussière rouge s'élevant autour de ses pieds tandis qu'elle disparaissait dans le crépuscule.

Quelques années plus tard, installé au drugstore du coin, chez M. Joab, je sirotais un milk-shake maison. J'étais assis à un bout du comptoir et, à l'autre bout, se trouvaient deux traîne-savates bien connus en ville et un étranger.

Cet étranger avait l'air bien plus respectable que la clientèle habituelle de M. Joab. Mais ce sont les mots qu'il prononça d'une voix basse et enrouée qui attirèrent mon attention.

« Les gars, vous connaissez quelqu'un par ici qui aurait de beaux cognassiers du Japon à vendre ? J'en cherche pour une dame de l'Est qui fait construire à Natchez, par là-bas. »

Les deux gars échangèrent un regard, puis l'un des deux, qui était gras, avait d'énormes yeux et aimait se moquer de moi, dit : « Je vais vous dire, monsieur, la seule personne que je connaisse dans les parages, qui en a des rudement beaux, c'est Mademoiselle Belle Rankin, une drôle de bonne femme – elle habite à un kilomètre, dans une baraque bizarre. Vieille et décatie, elle date d'avant la guerre de Sécession. Drôle de bonne femme, n'empêche, mais si c'est des cognassiers du Japon que vous voulez, elle a les plus beaux que j'aie jamais vus.

— Ouais, intervint l'autre garçon, le blond boutonneux qui servait de laquais au gros. Elle ferait bien de vous les vendre. D'après ce que j'ai entendu dire, elle crève la dalle, par là-bas – elle a rien d'autre qu'un vieux nègre qui habite sur place et bine et sarcle un carré d'herbes qu'ils appellent le jardin. Tenez, pas plus tard que l'autre jour, elle est allée faire ses courses au Jitney Jungle, elle a choisi des vieux légumes gâtés et a forcé Olie Peterson à les lui donner. La sorcière la plus bizarre que vous verrez jamais – on croirait qu'elle a cent ans ! Les nègres ont tellement peur d'elle… »

Mais l'inconnu interrompit le torrent d'informations que déversait le garçon et demanda : « Et donc tu penses qu'elle pourrait vendre ?

— Sûr », répondit le gros, en affichant le sourire narquois de celui qui sait de quoi il parle.

L'homme les remercia, et s'apprêtait à sortir, mais il se retourna soudain et dit : « Ça vous dirait, les gars, de monter en voiture avec moi et de me montrer où c'est ? Ensuite, je vous ramènerai. »

Les deux loustics s'empressèrent d'accepter. Ils n'étaient pas du genre à laisser passer une occasion d'être vus dans une voiture, surtout si elle était conduite par un étranger ; ça donnait l'impression qu'ils connaissaient du monde, et puis, de toute façon, il y avait les inévitables cigarettes.

C'est environ une semaine plus tard, quand je suis retourné chez M. Joab, que j'ai appris comment cela s'était passé.

Le gros livra son récit avec ferveur à un public composé de M. Joab et de moi-même. Au fur et à mesure, il se mit à parler de plus en plus fort et de manière de plus en plus dramatique.

« Je vous dis que cette vieille bique devrait être expulsée du patelin. Elle est complètement siphonnée. D'abord, quand on arrive là-bas, elle veut nous faire déguerpir. Puis elle nous envoie son clébard. Je parie que le toutou est encore plus vieux qu'elle. Enfin bref, le cabot a voulu me chiquer, alors j'y ai donné un coup de pied en pleine gueule – et là elle se met à pousser un cri atroce. Finalement son vieux nègre a réussi à la calmer un peu, histoire qu'on puisse lui parler. M. Ferguson, c'est le nom de l'étranger, lui a expliqué qu'il voulait lui acheter ses fleurs, vous savez, ces vieux cognassiers du Japon. Elle a dit qu'elle ne voulait rien entendre d'une affaire pareille ; en plus, elle vendrait jamais aucun de ses arbres parce qu'elle les aimait plus que tout ce qu'elle possédait. Bon, alors là, tenez-vous bien – M. Ferguson lui a proposé deux cents dollars pour un seul de ces arbres. Vous y croyez ? – deux cents billets ! La vieille bique lui a dit de décamper – finalement, on a bien vu que c'était sans espoir, alors on est partis. M. Ferguson était assez déçu, faut dire ; il avait vraiment l'intention de les acheter, ces arbres. Il a dit que des si beaux, il en avait pas vu beaucoup. »

Il se pencha en arrière et prit une longue inspiration, épuisé par son long récit.

« Bon sang, dit-il, mais qu'est-ce qu'ils veulent faire avec ces vieux arbres, à deux cents biftons pièce ? Sûr que c'est pas le prix du maïs. »

En sortant de chez M. Joab j'ai pensé à Mademoiselle Belle sur tout le chemin du retour à la maison. Je m'étais souvent posé des questions à son sujet. Elle semblait trop vieille pour être encore vivante – ce devait être atroce d'être si vieux. Je ne voyais pas pourquoi elle voulait absolument garder ses cognassiers du Japon. Ils étaient superbes, mais si elle était si pauvre – enfin bon, j'étais jeune, et elle était très vieille, il lui restait très peu à vivre. J'étais tellement jeune que je n'avais jamais pensé qu'un jour je serais vieux, qu'un jour je mourrais.

C'était le 1er février. L'aube s'était levée, terne et grise, des bandes d'un blanc perlé zébraient le ciel. Dehors, il faisait froid et le calme était parfois interrompu par des bourrasques d'un vent avide qui s'en prenait aux grosses branches sans feuilles des immenses arbres qui entouraient les ruines délabrées du domaine naguère majestueux de « Rose Lawn », où vivait Mademoiselle Rankin.

La chambre était froide quand elle s'éveilla et des larmes de glace effilées pendaient aux avant-toits. Elle frissonna un peu en contemplant la grisaille alentour. Avec difficulté, elle s'extirpa de la courtepointe de couleur grise.

Elle s'agenouilla devant la cheminée pour enflammer les branches mortes que Len avait rassemblées la veille. Sa petite main, ratatinée et jaune, lutta contre l'allumette et la surface rugueuse du bloc de calcaire.

Au bout d'un moment, le feu finit par prendre ; il y eut le crépitement du bois et le souffle des flammes qui jaillirent, comme un craquement d'os. Elle resta un moment debout près de la chaude flambée puis, d'un pas incertain, s'approcha de la cuvette glacée pour se débarbouiller.

Une fois habillée, elle s'avança à la fenêtre. Il commençait à tomber cette fine neige gorgée d'eau typique des hivers dans le Sud, qui fondait si tôt le sol touché, mais Mademoiselle Belle, en songeant à la longue marche qu'elle allait faire le jour même jusqu'au centre-ville, se sentit un peu prise de vertige et souffrante. Puis elle souffla en voyant que les cognassiers du Japon, en contrebas, étaient en fleur ; jamais ils n'avaient été aussi éclatants. Les pétales rouge vif étaient gelés, immobiles.

Une fois, se souvint-elle, des années auparavant, quand Lillie était une petite fille, elle en avait ramassé d'énormes paniers, et avait empli les vastes pièces vides de Rose Lawn de leur subtile fragrance, et Lillie les avait volés pour les distribuer à des enfants noirs. Elle en avait été furieuse ! Mais à présent elle souriait en y repensant. Cela faisait au moins douze ans qu'elle n'avait pas revu Lillie.

La pauvre Lillie est aujourd'hui elle aussi une vieille femme. J'avais tout juste dix-neuf ans à sa naissance et j'étais jeune et belle. Jed avait coutume de dire que j'étais la plus belle fille qu'il avait jamais vue – mais c'était il y a bien longtemps. Je ne me rappelle pas à partir de quand j'ai commencé à être ainsi. À quel moment je suis devenue pauvre – ou vieille. J'imagine que c'est après le départ de Jed – je me demande ce qu'il est devenu. Il s'est levé un beau jour et m'a dit que j'étais laide, abîmée, et il est parti, me laissant seule avec Lillie – et Lillie n'était pas une chic fille, non, pas une chic fille…

Elle mit ses mains sur son visage. C'était toujours douloureux de se souvenir, et pourtant, presque chaque jour, les mêmes souvenirs lui revenaient, et parfois cela la rendait folle, elle se mettait alors à hurler, à vociférer, comme la fois où cet homme était venu accompagné des deux crétins pour lui acheter ses cognassiers du Japon ; elle ne voulait pas les vendre, jamais. Mais elle avait peur de cet homme ; elle avait peur qu'il les vole, et que pourrait-elle faire – les gens riraient. C'est pour cela qu'elle leur avait crié dessus ; c'est pour cela qu'elle les détestait tous.

Len entra dans la pièce. C'était un homme noir de petite taille, vieux et voûté, avec une cicatrice en travers du front.

« Mademoiselle Belle, commença-t-il d'une voix asthmatique, vous partiez en ville ? J'irais point, à vot' place, Mademoiselle Belle. Fait vraiment un temps de chien, aujourd'hui. » Quand il parlait, une bouffée d'air vaporeux sortait de sa bouche dans l'atmosphère glaciale.

« Si, Len, il faut que j'y aille aujourd'hui. Je partirai d'ici peu ; je veux être revenue avant la nuit. »

Dehors, la fumée de l'antique cheminée s'élevait en volutes paresseuses et restait en suspension au-dessus de la maison, formant un brouillard bleuté, comme figé – avant d'être dispersé par un coup de vent amer !

Il faisait déjà bien sombre quand Mademoiselle Belle commença à gravir la côte en bas de chez elle. La nuit tombait vite en ces jours d'hiver. Il fit nuit si brutalement ce soir-là que Mademoiselle Belle en fut tout d'abord effrayée. Nul coucher de soleil rougeoyant, juste le gris perlé du ciel qui virait au noir profond. Il neigeait encore et la route était couverte de neige fondue et froide. Le vent soufflait plus fort et puis il y avait le craquement sec des branches mortes. Elle ployait sous le poids de son lourd panier. Cela avait été une bonne journée. M. Johnson lui avait donné presque un tiers de jambon et le petit Olie Peterson avait mis de côté pour elle pas mal de légumes invendables.

Elle n'aurait pas à y retourner pendant au moins deux semaines.

En arrivant à la maison, elle s'arrêta un instant pour reprendre sa respiration et laissa glisser son panier au sol. Puis elle marcha jusqu'à la lisière du terrain et se mit à cueillir plusieurs fleurs de cognassier grosses comme des roses ; elle s'en écrasa une sur le visage mais n'en sentit pas le contact sur sa peau. Elle en cueillit une pleine brassée et retourna au panier lorsque soudain elle crut entendre une voix. Elle s'immobilisa et tendit l'oreille, mais seul le vent lui répondit.

Elle se sentit glisser dans la pente, impuissante ; elle essaya de se cramponner à quelque chose dans l'obscurité, mais il n'y avait que le vide. Elle essaya d'appeler au secours, mais aucun son ne sortit de sa bouche. Elle sentit de grandes vagues de vide déferler sur elle ; des scènes fuyantes la traversèrent. Sa vie – pure futilité, une apparition fugitive de Lillie, de Jed, et une image nette de sa mère avec sa longue canne fine.

Je me souviens que c'est par une froide journée d'hiver que tante Jenny m'emmena à la vieille bâtisse décatie où habitait Mademoiselle Belle. Mademoiselle Belle était morte durant la nuit et c'est un vieux monsieur de couleur qui vivait là, sur les lieux, qui l'avait retrouvée. Pratiquement tous les gens de la ville étaient venus voir. On ne l'avait pas déplacée parce que le coroner n'avait pas encore donné son autorisation. Si bien que nous la vîmes dans la position dans laquelle elle était morte. C'était la première fois que je voyais un défunt et je ne l'oublierai jamais.

Elle était allongée dans le jardin, parmi les cognassiers du Japon. Toutes ses rides étaient lissées sur son visage et les fleurs aux couleurs vives étaient disséminées partout.

Elle semblait toute petite et vraiment jeune. De petits flocons de neige étaient éparpillés dans ses cheveux, une des fleurs était posée sur sa joue. Je n'avais encore jamais rien vu d'aussi beau.

Tout le monde disait que c'était triste, et tout, mais moi je trouvais cela étrange car c'étaient ceux-là mêmes qui avaient toujours ri et s'étaient moqués d'elle.

Ma foi, Mademoiselle Belle Rankin était assurément quelqu'un de bizarre, et probablement un peu timbrée, mais elle était vraiment ravissante en ce mois de février glacé, avec cette fleur posée sur sa joue, étendue là, immobile, silencieuse.

Si je t'oublie

Grace l'attendait debout sur le porche depuis maintenant presque une heure. Lorsqu'elle l'avait vu en ville, dans l'après-midi, il avait dit qu'il serait là à huit heures. Il était presque huit heures dix. Elle s'assit dans le rocking-chair du porche. Elle essayait de ne pas penser à sa venue ni même de regarder en direction de sa maison. Elle savait que si elle y pensait, cela n'arriverait jamais. Il ne viendrait tout simplement pas.

« Grace, tu es encore là, il n'est toujours pas arrivé ?

— Non, mère.

— Dis, tu ne vas pas rester assise dehors toute la soirée, allez, rentre à la maison. »

Elle ne voulait pas rentrer, elle ne voulait pas être obligée de s'asseoir dans cette vieille salle de séjour étouffante, à regarder son père lire le journal et sa mère faire les mots croisés. Elle voulait rester ici, dans la nuit, dont elle pouvait respirer l'odeur, qu'elle pouvait presque toucher, si palpable qu'elle humait sa texture comme un délicat satin bleu.

« Le voilà qui arrive, mère, mentit-elle. Il vient par la route, je vais courir à sa rencontre.

— Tu ne feras rien de tel, Grace Lee, répondit sa mère d'une voix sonore.

— Si, mère, si ! Je reviendrai sitôt que je lui aurai dit au revoir. »

Elle dévala les marches du porche avant que sa mère puisse ajouter quoi que ce soit.

Elle avait pris sa décision, elle allait marcher à sa rencontre, même si elle devait pour cela aller jusque chez lui. C'était un grand soir pour elle, pas véritablement heureux, mais un soir magnifique, en tout cas.

Ainsi il quittait la ville, après toutes ces années. Cela ferait tout drôle, quand il ne serait plus là. Elle savait que plus rien ne serait tout à fait pareil. Une fois, à l'école, Mlle Saaron avait demandé aux élèves d'écrire un poème, et elle en avait composé un à propos de lui, tellement réussi qu'il avait été publié dans le journal local. Elle l'avait intitulé : « Dans l'âme de la nuit. » Elle se récita les deux premiers vers tout en marchant d'un pas flâneur sur la route que baignait le clair de lune.

Mon amour est une lumière forte et claire
Qui chasse l'obscurité de la nuit.

Il lui avait une fois demandé si elle l'aimait vraiment. Elle avait répondu : « Je t'aime maintenant, mais nous ne sommes que des gamins, ce n'est qu'un premier amour. » Elle savait cependant qu'elle avait menti, du moins qu'elle s'était menti à elle-même, car à présent, en ce bref instant, elle savait qu'elle l'aimait, même si, un mois plus tôt, elle était tout à fait convaincue que tout cela était puéril et vain. Mais maintenant qu'il s'en allait, elle se rendait compte que ce n'était pas le cas. Une fois, après l'épisode du poème, il lui avait dit qu'il ne fallait pas qu'elle prenne les choses trop au sérieux, après tout, elle n'avait que seize ans. « Tu sais, lorsqu'on aura vingt ans, quand quelqu'un nous dira le nom de l'autre, toi ou moi on l'aura sûrement oublié. » Elle avait été effondrée en entendant cela. Oui, il allait probablement l'oublier. Et voilà qu'il s'en allait, peut-être ne le reverrait-elle jamais. Il deviendrait un grand ingénieur, comme il le souhaitait, et elle resterait ici, dans cette petite ville du Sud dont personne n'a jamais entendu parler. « Peut-être ne m'oubliera-t-il pas, se dit-elle. Peut-être reviendra-t-il me chercher pour m'emmener dans une grande ville comme La Nouvelle-Orléans, Chicago, voire New York. » Le simple fait d'y penser fit jaillir une farouche flamme de joie dans ses prunelles.

L'odeur des pins, de chaque côté de la route, lui rappela toutes les fois où ils avaient pique-niqué, où ils étaient montés à cheval, et où ils avaient dansé.

Elle se rappelait la fois où il lui avait demandé d'être sa cavalière au grand bal du lycée. C'est comme ça qu'elle avait fait sa connaissance. Il était tellement beau et elle était si fière ; personne n'aurait jamais cru que la petite Grace Lee, avec ses yeux verts et ses taches de rousseur, décrocherait le gros lot. Elle avait été si fière et si excitée qu'elle en avait presque oublié les pas de danse. Qu'est-ce qu'elle avait été gênée lorsqu'elle avait fait un faux pas et qu'il lui avait marché sur le pied, lui déchirant ses bas de soie.

Et, au moment où elle s'était convaincue qu'elle vivait une véritable histoire d'amour, sa mère était venue lui dire qu'ils n'étaient que des enfants et que des enfants, après tout, ne pouvaient pas réellement savoir ce qu'était l'« affection », c'est le terme qu'elle avait utilisé.

Et puis, en ville, les filles, vertes de jalousie, avaient lancé une « campagne contre Grace Lee ».

« Regardez cette petite idiote, chuchotaient-elles, qui se jette dans ses bras. » « Une vraie catin. » « Je donnerais cher pour savoir où ils en sont, ces deux-là, mais j'imagine que ce serait trop choquant pour mes oreilles. »

Elle pressa le pas, ça la mettait en rogne de penser à ces sales petites prétentieuses, donneuses de leçon. Elle n'oublierait jamais la bagarre avec Louise Beavers la fois où elle l'avait surprise aux toilettes de l'école en train de lire à voix haute aux autres filles une lettre qu'elle avait écrite. Louise avait volé la lettre dans un des livres de Grace, et elle la lisait en faisant de grands gestes moqueurs, transformant en plaisanterie une chose qui n'était pas drôle du tout.

« Oh, bon, de toute façon c'est sans intérêt, ça ne rime à rien », pensa-t-elle.

La lune resplendissait dans le ciel ; de petits nuages pâles et blafards semblaient suspendus à sa surface, comme un châle en dentelle délicate. Elle fixait le ciel avec attention. Elle allait bientôt arriver chez lui. Il n'y avait plus qu'à gravir cette côte puis redescendre la pente et elle y serait. C'était une chouette petite maison, solide, substantielle. L'endroit était parfait pour lui, se disait-elle.

Parfois, elle s'était dit que c'était juste beaucoup de sentimentalisme, ce premier amour, mais maintenant elle était persuadée du contraire. Il partait. Il allait habiter chez sa tante, à La Nouvelle-Orléans. Sa tante était une artiste, ce que Grace Lee n'appréciait pas trop. Elle avait entendu dire que les artistes étaient des gens bizarres.

Il lui avait annoncé son départ hier seulement. Ça avait dû aussi un peu l'effrayer, se dit-elle, et maintenant c'est moi qui ai peur. Ah, tout le monde allait être bien content, maintenant qu'il fichait le camp et qu'elle allait être sans lui, elle voyait d'avance leurs visages hilares.

Elle écarta les cheveux blond clair qu'elle avait devant les yeux. Un vent frais soufflait à la cime des arbres. Elle approchait du sommet de la côte, et soudain elle sut qu'il arrivait de l'autre côté et qu'ils allaient se retrouver tout en haut. Elle eut un coup de chaud, tant elle était certaine de sa prémonition. Elle ne voulait pas pleurer, elle voulait sourire. Elle tâta dans sa poche la photo d'elle qu'il lui avait demandé d'apporter. C'était un cliché bon marché qu'un homme avait pris à l'occasion d'un carnaval de passage en ville. Même pas très ressemblant, d'ailleurs.

Maintenant qu'elle y était presque, elle ne voulait pas faire un pas de plus. Tant qu'elle n'avait pas véritablement dit au revoir, il était encore à elle.

Elle alla s'asseoir dans l'herbe douce du soir, sur le bord de la route, pour l'attendre.

« Tout ce que j'espère, se dit-elle en plongeant son regard dans le noir du ciel que la lune emplissait, c'est qu'il ne m'oublie pas, j'imagine que je ne peux pas espérer davantage. »

La phalène dans la flamme

Tout l'après-midi, Em était restée étendue sur le lit au cadre en acier. Elle avait ramené une courtepointe sur ses jambes. Elle était simplement allongée et réfléchissait. Le temps s'était refroidi, même pour l'Alabama.

George et tous les autres hommes de la campagne étaient dehors, à la recherche de cette vieille folle de Sadie Hopkins. Elle s'était enfuie de prison. Pauvre vieille Sadie, se dit Em, à courir dans ces marécages et ces champs. C'était une fillette si mignonne – elle avait fréquenté les mauvaises personnes, je pense. Ça l'a rendue complètement folle.

Em regarda par la fenêtre de sa cabane ; le ciel était foncé, d'un gris ardoise, et les sillons des champs semblaient avoir gelé et s'être figés. Elle ajusta la courtepointe. C'était rudement désolé dans cette contrée, pas une seule ferme à six kilomètres à la ronde, des champs d'un côté, le marais et les bois de l'autre. Elle se demandait si elle n'était pas née pour être seule, comme d'autres étaient aveugles ou sourds de naissance.

Elle lança un regard circulaire dans la petite pièce, les quatre murs se refermaient sur elle. Elle resta assise en silence, à écouter le réveil de piètre qualité, tic-tac, tic-tac.

Soudain, une sensation des plus étranges lui remonta dans le dos, une sensation de peur et d'horreur. Elle ressentit un picotement dans son cuir chevelu. Elle sut, comme un éclair de lumière aveuglante, que quelqu'un l'observait, quelqu'un qui se tenait tout près et la regardait de ses yeux froids, calculateurs, déments.

Pendant un moment, elle resta si immobile qu'elle entendit son cœur tambouriner et la pendule cognait tel un marteau de forgeron contre une souche creuse. Em savait que ce n'était pas son imagination ; elle savait qu'il y avait une cause à cette frousse ; elle le savait d'instinct, un instinct si limpide et vital qu'il emplissait tout son corps.

Lentement elle se releva et regarda dans la pièce. Elle ne vit rien ; et cependant elle sentait que quelqu'un l'épiait, suivait chacun de ses mouvements.

Elle prit le premier objet qui lui tomba sous la main, un morceau de bois de chauffage. Puis elle lança d'une voix hardie : « Qui est là ? Qu'est-ce que vous voulez ? »

Seul le silence glacial répondit à ses questions. Malgré le véritable froid physique, elle fut prise d'une bouffée de chaleur ; elle sentit ses joues en feu.

« Je sais que vous êtes ici, hurla-t-elle, hystérique. Que voulez-vous ? Pourquoi vous ne vous montrez pas ? Sortez, espèce de… »

C'est alors qu'elle entendit une voix, fatiguée et apeurée, derrière elle.

« C'est que moi, Em – Sadie, tu sais, Sadie Hopkins. »

Em pivota sur place. La femme qui se tenait devant elle était à demi nue, ses cheveux en broussaille enveloppaient son visage couvert d'égratignures et de contusions. Ses jambes portaient des marques de sang.

« Em, implora-t-elle, je t'en prie, aide-moi. Je suis fatiguée et j'ai faim. Cache-moi quelque part. Ne les laisse pas m'attraper, je t'en supplie. Ils me lyncheront ; ils pensent que je suis folle. Je suis pas folle ; tu le sais, ça, Em. S'il te plaît, Em. » Elle était en pleurs.

Em était trop choquée et abasourdie pour répondre. Elle se sentit défaillir et s'assit sur le bord du lit. « Que fais-tu ici, Sadie ? Comment es-tu entrée ?

— Je suis passée par la porte de derrière, répondit la démente. Il faut que je me cache quelque part. Ils arpentent les marais et se dirigent par ici, ils vont bientôt le retrouver. Oh, je l'ai pas fait exprès ; je voulais pas, Em. Le Seigneur sait que j'avais pas l'intention de faire ça. »

Em la regardait d'un air ébahi. « Qu'est-ce que tu racontes ? demanda-t-elle.

— Ce môme Henderson, là, s'écria Sadie. Il m'a rattrapée dans les bois. Il s'est accroché à moi, m'a griffée et appelait les autres. Je savais pas quoi faire ; j'ai eu la trouille. Je l'ai fait tomber ; il est tombé à la renverse, et je lui ai sauté dessus et je l'ai frappé à la tête avec une grosse pierre. On aurait dit que je pouvais plus m'arrêter de le frapper. Je voulais juste le mettre KO, mais quand j'ai regardé – OH MON DIEU ! »

Sadie se pencha en arrière contre la porte et se mit à glousser, puis à rire. Bientôt, toute la pièce fut emplie de son rire sauvage et hystérique. Le crépuscule était tombé et les flammes vives dans la cheminée en pierre faisaient danser d'étranges ombres dans la pièce et dans le noir des yeux de la démente ; des ombres qui semblaient propulser son hystérie vers une frénésie plus déchaînée encore.

Em était toujours assise sur le lit, horrifiée, interdite, les yeux emplis d'ahurissement et de terreur. Elle était hypnotisée par Sadie et son sombre rire diabolique.

« Mais tu vas bien vouloir que je reste ici, Em, hein ? » demanda la femme d'une voix crissante. Puis elle regarda Em droit dans les yeux. Elle interrompit son rire. « Je t'en prie, Em, supplia-t-elle. Je veux pas qu'ils m'attrapent. Je veux pas mourir ; je veux vivre. C'est eux qui m'ont fait ça ; c'est à cause d'eux que je suis comme ça. »

Elle plongea son regard dans le feu. Elle savait qu'elle allait devoir s'en aller. Elle demanda bientôt : « Em, dans quel secteur du marais n'iront-ils pas, aujourd'hui ? »

Posément, Em se redressa sur son siège, ses yeux brûlaient de larmes hystériques. « Ils n'iront pas dans le secteur des Hawkins avant demain. » En prononçant ce mensonge, elle sentit son estomac se nouer ; elle eut l'impression de tomber à travers un millier d'années.

« Au revoir, Em.

— Au revoir, Sadie. »

Sadie sortit par la porte principale et Em la suivit du regard jusqu'à ce qu'elle atteigne la lisière du marais et disparaisse dans ses profondeurs noires comme la jungle.

Em s'effondra sur le lit et se mit à pleurer. Elle pleura jusqu'à sombrer dans un sommeil fiévreux. Elle fut réveillée par des voix d'hommes. Elle regarda à l'extérieur, dans l'obscurité du jardin, et vit George, Hank Simmons et Bony Yarber qui s'approchaient de la maison.

Elle se leva d'un bond, prit une serviette humide et s'essuya le visage. Elle alluma une lampe dans la cuisine et était assise en train de lire lorsque les hommes entrèrent.

« Salut, trésor, dit George en lui posant une bise sur la joue. Fichtre, tu es brûlante. Tu te sens pas bien ? »

Si, si, lui signifia-t-elle en hochant la tête.

« Salut, Em », lancèrent les deux autres hommes.

Elle ne se donna pas la peine de leur répondre. Elle resta à lire. Chacun but de l'eau en se servant avec la louche.

« Dame, sûr que ça désaltère, dit George, mais ça vous dirait pas qu'on boive quelque chose d'un peu plus corsé, hein, les gars ? » fit-il en donnant un coup de coude à Bony.

Soudain Em posa son magazine. Elle regarda prudemment autour d'elle.

« Est-ce que… est-ce que (sa voix tremblait un peu) est-ce que vous avez trouvé Sadie ?

— Oui, répondit George, on l'a retrouvée dans un de ces tourbillons, là où c'est tout boueux, du côté des Hawkins. Elle s'était noyée, elle s'est suicidée, j'imagine. Mais n'en parlons plus ; c'était horrible. C'était… »

Mais il ne termina pas. Em se releva de table, renversa la lampe et courut dans sa chambre.

« Bon sang, qu'est-ce qui la tracasse, à votre avis ? Je me demande bien », dit George.

Terreur dans les marais

« Ben, je te le dis, Jep, t'as plus ta tête si tu continues à t'enfoncer dans ces bois à la recherche de ce bagnard. »

Le garçon qui parlait était petit, il avait un visage noisette couvert de taches de rousseur. Il regardait son ami de manière insistante.

« Écoute-moi, dit Jep. Je sais très bien ce que je fais – et j'ai pas besoin de tes conseils ni de tes jacasseries.

— Mon gars, moi je crois que tu es fou. Elle dirait quoi, ta mère, si elle savait que t'es là dans c'te vieille forêt sinistre à la recherche d'un pauv' bagnard ?

— Lemmie, je me fiche de ce que tu peux bien baragouiner, et je te force pas à me suivre. Alors tu peux rebrousser chemin – Pete et moi on va le retrouver ce vieux schnock – alors nous deux, rien que nous deux, on ira voir les gars qui font la battue et on leur dira où il est. Pas vrai, Pete, mon toutou ? » Il caressa un chien au pelage brun tacheté qui trottait à ses côtés.

Ils avancèrent encore un peu en silence. Le garçon qui s'appelait Lemmie ne savait que décider. Il faisait noir dans la forêt, et tout était si calme. De temps à autre, un oiseau voletait ou chantait dans les arbres, et lorsque leur sentier s'approchait du ruisseau, ils entendaient l'eau s'écouler sur les galets ou franchir de minuscules cascades. Oui, en effet, c'était trop silencieux. Lemmie détestait l'idée de devoir rebrousser chemin seul jusqu'à la lisière de la forêt, mais il détestait plus encore l'idée de continuer avec Jep.

« Bon, Jep, finit-il par dire, je crois que je vais rentrer tranquillement. Une chose est sûre, je vais pas continuer à m'enfoncer, alors que c'te vieux bagnard pourrait se cacher n'importe où derrière tous ces arbres et ces buissons partout, te sauter dessus et te massacrer.

— Ouais, c'est ça, fais demi-tour, espèce de poule mouillée. J'espère qu'il t'attrapera pendant que tu traverseras les bois tout seul.

— Bon, bah salut – je suppose qu'on se reverra demain à l'école.

— Peut-être. Salut. »

Jep entendit Lemmie qui rebroussait chemin à travers les broussailles au pas de course, il détalait comme un lapin apeuré. « Voilà exactement ce qu'il est, songea Jep, un lapin apeuré. Quel dégonflé. On aurait jamais dû l'emmener avec nous, pas vrai, Pete ? »

Cette dernière phrase, il la prononça à voix haute, et le vieux chien brun tacheté, sans doute effrayé par l'interruption trop brusque du silence, laissa échapper un bref jappement effrayé.

Ils poursuivirent en silence. De temps en temps, Jep s'arrêtait et écoutait attentivement les bruits qui provenaient du fin fond de la forêt. Mais il n'entendit pas le moindre son trahissant une présence dans les parages, hormis la sienne. Parfois, ils passaient par une clairière tapissée de mousse verte, à l'ombre de grands magnolias aux amples fleurs blanches – qui empestaient la mort.

« Je crois que j'aurais peut-être mieux fait d'écouter Lemmie. Sûr que ça fiche les chocottes par ici. » Il leva la tête et contempla les cimes des arbres, apercevant par instants une tache de bleu. Qu'est-ce qu'il faisait sombre dans cette partie de la forêt – on aurait presque dit qu'il faisait nuit. Soudain il entendit un bruit de crécelle. Presque immédiatement il reconnut ce que c'était – il resta pétrifié par la peur – puis Pete émit un vif jappement horrible. Cela rompit le charme. Il se retourna, un énorme serpent à sonnette se dressait, prêt à frapper une seconde fois. Jep sauta aussi loin qu'il put, trébucha et tomba tête la première. Oh, mon Dieu ! C'était la fin ! Il s'obligea à regarder tout autour de lui, s'attendant à voir le serpent tournoyer en l'air pour l'avoir, mais lorsque ses yeux firent finalement le point, il n'y avait rien. Puis il vit le bout de la queue, le long cordon tacheté s'enfonçait dans les broussailles.

Durant plusieurs minutes, il fut incapable de bouger tant le choc l'avait pétrifié, le corps endolori par la terreur. Il finit par se redresser sur un coude et il chercha Pete, sans parvenir à le localiser. Il se releva d'un bond et se mit à chercher frénétiquement le chien. Lorsqu'il le trouva, il avait roulé en bas d'un ravin de terre rouge et gisait mort, tout raide et gonflé. Jep ne pleura pas ; il était trop effrayé pour cela.

Et maintenant, qu'allait-il faire ? Il ne savait pas où il était. Il se mit à courir, puis à galoper comme un fou à travers la forêt, mais il ne retrouvait pas le sentier. Oh, et puis à quoi bon ? Il était perdu. Puis il se rappela le ruisseau, mais c'était inutile. Il s'écoulait à travers le marais et était, à certains endroits, trop profond pour qu'il marche dans son lit ; d'autant qu'en été, c'était sûr qu'il serait infesté de mocassins d'eau. L'obscurité tombait, les arbres commençaient à projeter des ombres grotesques autour de lui.

« Comment le vieux bagnard fait-il pour rester par ici ? se demandait-il. Oh, mon Dieu, le bagnard ! Je l'avais complètement oublié. Il faut que je fiche le camp d'ici. »

Il courut sans s'arrêter. Il finit par arriver dans une des clairières. La lune éclairait le centre d'une lueur argentée. On aurait dit une cathédrale.

« Peut-être que si je grimpe à un arbre, songea-t-il, j'aurai une vue d'ensemble et je trouverai un chemin pour m'échapper d'ici. »

Il regarda autour de lui à la recherche de l'arbre le plus grand. C'était un sycomore élancé, bien droit, sans branches à sa base. Mais il était bon grimpeur ; peut-être y parviendrait-il.

Il serra le tronc entre ses petites jambes robustes et commença à se hisser, centimètre par centimètre. Chaque fois qu'il progressait de cinquante centimètres, il glissait de moitié. La tête basculée en arrière, il fixait la branche la plus proche qu'il allait bientôt pouvoir saisir. Lorsqu'il y arriva, il l'empoigna et laissa ses deux jambes lâcher le tronc et se balancer dans le vide. Il se demanda un bref instant si, les jambes ballantes, comme ça, il n'allait pas tomber. Mais il passa les jambes sur la branche d'à côté et s'assit dessus à califourchon, haletant, tâchant de reprendre sa respiration. Au bout d'un moment, il poursuivit son ascension, grimpant d'une branche à l'autre. Le sol s'éloignait de plus en plus. Quand il fut à la cime, il regarda tout autour, mais ne vit rien d'autre que des arbres, des arbres à perte de vue.

Il redescendit jusqu'à la branche la plus grosse et la plus forte. Il se sentait à l'abri, là-haut, si loin du sol. Là où il était, personne ne pouvait le voir. Il allait devoir passer la nuit dans l'arbre. Si seulement il pouvait rester éveiller, ne pas s'endormir. Mais il était tellement épuisé que tout semblait tourner autour de lui. Il ferma les yeux un instant et manqua de perdre l'équilibre. Il sortit de sa transe en sursaut et se donna des claques sur les joues.

C'était tellement silencieux, il n'entendait même pas la sérénade nocturne des grillons et des grenouilles-taureaux. Non, tout était silencieux, effrayant, mystérieux. Qu'est-ce que c'était que ça ? Il tressaillit : il entendait des voix ; elles s'approchaient – elles étaient presque sur lui ! Il regarda en bas et aperçut deux silhouettes qui se déplaçaient dans les broussailles. Elles arrivaient à la clairière. Oh, oh, Dieu merci ! Ce devaient être les hommes de la battue.

Mais soudain il entendit une des deux voix, frêle et effrayée, crier : « Arrêtez ! Oh, s'il vous plaît, s'il vous plaît, laisser-moi partir ! Je veux rentrer chez moi ! »

Jep avait déjà entendu cette voix, mais où ? Mais bien sûr, c'était celle de Lemmie !

Mais qu'est-ce que Lemmie faisait ici, dans les bois ? Il était rentré chez lui. Avec qui donc était-il ? Toutes ces pensées traversaient l'esprit de Jep ; puis soudain il comprit ce qui était en train de se passer. Le bagnard en fuite avait capturé Lemmie.

Une voix grave, menaçante, fendit l'air : « Tais-toi, morveux ! »

Il entendait les sanglots apeurés de Lemmie. Leurs voix étaient assez claires à présent ; ils étaient presque au pied de son arbre. Jep retenait sa respiration, tétanisé. Il entendait son cœur tambouriner, et les muscles noués dans son ventre lui faisaient mal.

« Assieds-toi là, gamin, ordonna le bagnard, et arrête de chialer, bon sang ! »

Jep vit Lemmie tomber impuissant au sol, rouler sur la douce mousse, s'efforçant désespérément d'étouffer ses sanglots.

Le bagnard était toujours debout. Il était imposant, avait des muscles saillants. Jep ne voyait pas ses cheveux ; ils étaient cachés sous un large chapeau de paille – de ceux que portent les forçats qui travaillent enchaînés.

« Maintenant dis-moi, fiston, dit-il à Lemmie en le poussant, ils sont combien, là-bas, à me chercher ? »

Lemmie resta silencieux.

« Réponds-moi !

— Je sais pas, répondit Lemmie d'une voix fluette.

— D'accord. OK. Mais dis-moi – ils sont passés par où ?

— Je sais pas.

— Ah, espèce de gredin. » Le bagnard gifla Lemmie, qui, de nouveau, piqua une crise.

« Oh non ! Non ! Ça ne peut pas m'arriver, se dit Jep. Tout cela n'est qu'un rêve, un cauchemar. Je vais me réveiller et me rendre compte que ce n'est pas la réalité. »

Il ferma les yeux, puis les rouvrit, tentant physiquement de se prouver que tout cela n'était qu'un cauchemar. Sauf qu'ils étaient bel et bien là, le bagnard et Lemmie ; et lui aussi, perché sur sa branche, en proie à une telle frousse qu'il n'osait même pas respirer. Si seulement il avait eu quelque chose de lourd à lâcher sur la tête du bagnard, histoire de le mettre KO. Mais il n'avait rien. Il interrompit ses pensées car le bagnard s'était remis à parler.

« Bon, viens, fiston ; on peut pas rester là toute la nuit. Et puis la lune s'est levée – il va sûrement pleuvoir. » Il leva la tête et scruta la cime des arbres.

Le sang de Jep se figea de terreur ; il avait l'impression que le type avait les yeux directement braqués sur lui, pile sur la branche sur laquelle il était assis. D'un instant à l'autre il allait le repérer. Jep ferma les yeux. Les secondes s'égrenèrent comme des heures. Lorsqu'il eut finalement le courage de regarder à nouveau, il vit que le bagnard essayait de relever Lemmie vautré par terre. Il ne l'avait pas vu, Dieu merci !

« Allez, lève-toi, gamin, dit le bagnard, avant que je t'en colle une vraie. »

Il avait relevé Lemmie comme un sac de pommes de terre. Puis soudain il le relâcha. « Arrête de chialer ! » lui cria-t-il. Il avait hurlé sur un ton tellement électrisant que Lemmie se tut immédiatement. Il se passait quelque chose. Le bagnard était debout près de l'arbre, il écoutait attentivement les bruits de la forêt.

C'est alors que Jep entendit aussi. Quelque chose approchait à travers le sous-bois. Il entendit des petites branches qui cassaient, des buissons auxquels on s'égratignait. De son poste d'observation, il vit de quoi il s'agissait. Dix hommes encerclaient la clairière. Mais le bagnard, lui, ne pouvait qu'entendre. Il ne savait pas ce que c'était ; il paniqua.

Lemmie hurla : « On est là ! Ici – par ici ! » Mais le type l'avait empoigné et appuyait le visage de Lemmie contre le sol. Le petit corps se tortillait, donnait des coups de pied, puis, soudain, s'amollit comme une chiffe. Jep vit le bagnard enlever la main qui avait appuyé sur la nuque du garçon. Quelque chose clochait avec Lemmie. Puis Jep sut en un éclair : il le savait, voilà tout – Lemmie était mort ! Le type l'avait étouffé à mort !

Les hommes ne faisaient plus d'efforts pour être silencieux ; ils jaillirent furieusement des broussailles. Le bagnard vit qu'il était pris au piège ; il recula contre l'arbre de Jep et se mit à geindre.

Et tout fut fini. Jep hurla et les hommes tendirent les bras pour le rattraper. Il sauta et atterrit sain et sauf dans les bras de l'un des hommes.

Le bagnard fut menotté et il hurla : « C'est ce satané mioche ! C'est sa faute ! »

Jep regarda en direction de Lemmie. Un des hommes était penché sur lui. Jep l'entendit se tourner vers un homme à ses côtés et dire : « Ouais, il est bien mort. »

C'est alors que Jep éclata de rire ; c'était un rire hystérique et des larmes chaudes et salées dégoulinaient sur ses joues.

L'étranger familier

« Et Beulah, lança Nannie, avant que tu t'en ailles, viens me remettre mes oreillers, cette chaise à bascule est atrocement inconfortable.

— Oui, m'dame, j'arrive de suite. »

Nannie poussa un lourd soupir. Elle prit le journal et passa en vitesse les premières pages pour arriver à la section société – ou disons la rubrique communauté, car il n'y avait pas véritablement de société à Collinsville.

« Voyons voir, dit-elle en ajustant ses lunettes à monture d'écaille sur son nez altier. "M. et Mme Yancey Bates vont à Mobile pour rendre visite à des membres de leur famille." Je vois point trop ce qu'il y a de si spécial, les gens se rendent tout le temps visite les uns les autres », murmura-t-elle songeuse. Elle passa aux notices nécrologiques, cela lui procurait toujours un sombre plaisir de les lire. Jour après jour, les gens qu'elle avait connus toute sa vie, les hommes et les femmes avec qui elle avait grandi mouraient les uns après les autres. Elle était fière d'être encore en vie alors qu'ils gisaient sous terre pour l'éternité dans leurs tombes.

Beulah entra dans la pièce. Elle s'approcha de la chaise à bascule dans lequel Mademoiselle Nannie lisait le journal. Elle prit les coussins dans le dos de la vieille dame, les tapota et les replaça de manière que sa maîtresse soit plus à son aise.

« Voilà qui est beaucoup mieux, Beulah. Tu sais, j'ai des rhumatismes chaque année à cette période. C'est tellement douloureux et je me sens tellement impuissante, oui, c'est ça, tout à fait impuissante. »

Beulah hocha la tête en signe d'assentiment et de compassion.

« Oui, m'dame, je sais comment que c'est. J'avions un oncle, l'a failli en mourir.

— Je lis dans le journal, Beulah, que le vieux Will Larson est mort. Bizarre que personne ne m'ait appelée ou me l'ait annoncé. C'était un de mes amis, tu sais, Beulah, un très bon ami. » Elle hochait la tête d'un air mutin, sous-entendant, bien évidemment, qu'il avait fait partie de la légion de ses admirateurs fantômes.

« Ma foi, dit Beulah en avisant la grande horloge de parquet calée contre le mur, je croye que je ferions bien d'aller au docteur chercher vos médicaments. Restez là, je reviens vite. »

Elle disparut par la porte et cinq minutes plus tard Nannie entendit la porte d'entrée claquer. Elle se remit à lire le journal. Elle essaya de s'intéresser à l'éditorial, puis à l'article sur le projet d'une nouvelle fabrique de meubles, mais toujours, comme mue par quelque force magnétique irrésistible, elle revenait aux notices nécrologiques. Elle les relisait deux ou trois fois. Oui, elle les avait tous connus.

Elle observa les vives flammes rouge et bleu dans la cheminée. Combien de fois avait-elle contemplé cette cheminée ? Combien de fois, lors de froids matins d'hiver, s'était-elle extirpée de ses courtepointes aux couleurs éclatantes, pour traverser à petits bonds le sol glacé et bâtir tant bien que mal un feu ? Des milliers de fois ! Elle avait toujours vécu dans cette maison de la grand-rue résidentielle, tout comme son père, et le père de son père avant lui. Ils avaient été de véritables pionniers, elle était fière de son héritage. Mais tout cela était du passé, sa mère et son père étaient morts, et ses vieux amis décédaient, lentement, sans que personne semble s'en apercevoir. Nul n'aurait pensé que c'était la fin d'une sorte de dynastie, une dynastie de l'aristocratie du Sud – le hameau, le village, la ville. Ils disparaissaient dans la nuit, les minuscules flammes de leurs vies étaient soufflées par cette étrange force invisible.

Elle repoussa le journal de ses genoux et ferma les yeux. La chaleur de la pièce confinée lui donna envie de somnoler. Elle s'était presque endormie lorsqu'elle fut réveillée par le carillon de l'horloge de parquet qui sonnait l'heure. Une, deux, trois, quatre…

Elle releva la tête et parut un peu surprise, elle sentait une présence dans la pièce, autre que la sienne. Elle attrapa ses lunettes, les ajusta et regarda autour d'elle. Tout semblait en ordre. C'était terriblement silencieux, même le bruit des voitures qui passaient dans la rue était inaudible.

Lorsqu'elle parvint enfin à focaliser son regard, elle le vit. Il se tenait juste devant elle. Elle en eut le souffle coupé.

« Ah, fit-elle, c'est toi.

— Vous me connaissez donc ? dit le jeune gentleman.

— Ton visage me dit quelque chose. » Elle avait parlé d'une voix calme, simplement surprise.

« Cela ne m'étonne pas, rétorqua le gentleman d'une voix éloquente. Je vous connais assez bien. Je me souviens de vous avoir vue une fois quand vous étiez une toute petite fille. Vous étiez une enfant charmante. Ne vous souvenez-vous pas que je suis venu rendre visite à votre mère ? »

Nannie lui adressa un regard plus dur. « Non, je ne me souviens pas, tu ne peux pas avoir connu ma mère – tu es si jeune. Je suis une vieille femme, ma mère est morte avant que tu naisses.

— Oh, non – non. Je me souviens assez bien de votre mère. Une femme très appréciable. Vous lui ressemblez un peu. Le nez, les yeux, et vous aviez toutes les deux les mêmes cheveux blancs. Assez remarquable, oui, assez remarquable ! » L'homme baissa la tête et la dévisagea. Il avait des yeux très noirs et ses lèvres étaient très rouges, presque comme s'il avait mis du rouge à lèvres. La vieille femme le trouvait séduisant ; elle se sentait attirée par lui.

« Je me souviens de toi maintenant. Oui, bien sûr. J'étais une petite fille. Mais je me souviens de toi, tu es venu, tu m'as réveillée très tard, une nuit, la nuit (elle en eut soudain le souffle coupé, une lueur de lucidité et d'horreur passa dans son regard), la nuit où ma mère est morte !

— C'est exact, vous avez une mémoire impressionnante, pour quelqu'un de si vieux ! » Il insista volontairement sur les derniers mots. « Mais vous avez eu maintes occasions de vous souvenir de moi depuis lors. La nuit où votre père est décédé, et puis il y a eu d'innombrables autres fois. Oui, oui, effectivement, je vous ai vue à maintes reprises et vous m'avez vu, vous aussi, mais c'est seulement maintenant, en cet instant, que vous auriez dû me reconnaître. Tenez, l'autre soir j'ai parlé à un vieil ami à vous, Will Larson. »

Nannie blêmit, ses yeux lui brûlaient, prêts à jaillir hors de sa tête, elle n'arrivait pas à les détourner du visage de cet homme. Elle ne voulait pas qu'il la touche ; tant qu'il ne la toucherait pas, elle se sentirait relativement en sécurité. Bientôt elle dit d'une voix creuse : « Alors tu dois être…

— Venez, maintenant, l'interrompit l'inconnu. Ma bonne dame, cessons d'ergoter. Ce ne sera pas pénible, de fait, c'est une sensation plutôt agréable. »

Elle s'agrippa aux flancs de son siège et se mit à se balancer fébrilement. « Va-t'en ! chuchota-t-elle d'une voix rauque. Éloigne-toi de moi, ne me touche pas, non, pas maintenant, ma vie se résumera-t-elle donc à cela ? Ce n'est pas juste, ne t'approche pas, s'il te plaît !

— Oh, fit le beau gentleman en riant, madame, vous vous comportez comme une enfant qui refuse d'avaler son huile de ricin. Je vous assure que ce n'est pas désagréable du tout. Maintenant, approchez-vous, plus près, que je baise votre front, ce ne sera pas douloureux, vous allez vous sentir si calme et en paix, ce sera exactement comme s'endormir. »

Nannie se repoussa le plus loin possible en arrière sur sa chaise. Les lèvres peintes en rouge de l'homme approchaient. Elle voulut hurler mais elle ne pouvait même pas respirer. Elle n'avait jamais pensé que cela se passerait ainsi. Elle se recroquevilla tout au fond du rocking-chair et appuya un des coussins de toutes ses forces contre sa figure. Il était fort, elle le sentait qui essayait de lui enlever le coussin. Ce visage, ces lèvres qui s'avançaient, ces yeux amoureux ; on eût dit un amant grotesque.

Elle entendit un claquement de porte. Elle hurla à gorge déployée : « Beulah, Beulah, Beulah ! » Elle entendit des pas précipités. Elle repoussa le coussin. Le visage noir de la femme de couleur la surplombait.

« Qu'est-ce qui va pas, mademoiselle Nannie ? Y a t'y quelqu' chose qui cloche ? Voulez-vous que j'appelions le toubib ?

— Où est-il ?

— Où est qui, mademoiselle Nannie ? Vous parlez de quoi ?

— Il était là, je l'ai vu, il en avait après moi, oh, Beulah, je te dis qu'il était là.

— Ah, d'accord, mademoiselle Nannie, vous venez d'avoir encore un de ces cauchemars. »

Les yeux de Nannie perdirent leur hystérique éclat violet ; elle détourna le regard de Beulah, qui était manifestement troublée. Le feu dans la cheminée mourait lentement, les dernières flammes dansaient en minaudant.

« Un cauchemar ? Cette fois-ci ? Je me le demande. »

Louise

Ethel ouvrit furtivement la porte et regarda d'un côté puis de l'autre dans le couloir sombre. Il était désert et elle soupira avec soulagement en refermant la porte. Bien, une bonne chose de faite, et tout ce qu'elle avait découvert c'était que Louise ne gardait pas son courrier ou bien qu'elle le brûlait. Les autres devaient être en bas pour le dîner, se dit-elle ; je dirai que j'ai eu une migraine.

Elle descendit furtivement l'escalier, traversa vite le grand salon, la terrasse et entra dans la salle à manger. La pièce résonnait des rires et des bavardages des filles. Sans se faire remarquer, elle prit place à côté de madame la directrice, à la quatrième table de cette pièce discrètement prétentieuse de l'Académie pour jeunes filles de Mlle Burke.

En réponse au regard interrogateur de madame la directrice, elle mentit : « J'ai eu une terrible migraine – je me suis allongée pour me reposer et j'ai dû m'assoupir – je n'ai pas entendu le carillon du dîner. » Elle avait parlé en articulant à la perfection, avec l'accent que Mlle Burke désirait tant inculquer à ses élèves. Ethel était, aux yeux de Mlle Burke, la quintessence de tout ce qu'elle pouvait espérer obtenir de ses élèves. Une jeune femme de dix-sept ans, d'un bon milieu, aisé, et certainement un esprit des plus brillants. La majorité des jeunes filles de l'Académie considéraient Ethel comme plutôt stupide – du moins concernant les choses de la vie. Ethel, de son côté, imputait son impopularité à Louise Semon, une Française d'une beauté exquise.

Louise était généralement considérée comme la plus populaire de l'Académie. Les autres filles la vénéraient et les professeurs l'admiraient avec jalousie à la fois pour son esprit et pour sa beauté presque troublante. Elle était grande, magnifiquement proportionnée, mate de peau. Une chevelure noir de jais encadrait son visage et ondulait sur ses épaules en boucles généreuses – sous un certain éclairage, elle projetait un halo bleuté. Ses yeux, ainsi que madame la directrice, à la table quatre, l'avait une fois expliqué dans un ravissement admiratif, étaient noirs comme la nuit. Elle était chaleureusement aimée de tout le monde – de tout le monde à l'exception d'Ethel, et peut-être de Mlle Burke en personne qui, d'une certaine manière, était quelque peu contrariée par l'influence de la jeune fille sur tout l'établissement. Elle avait le sentiment que cela n'était pas bon pour l'école, ni pour la jeune fille elle-même. Celle-ci avait d'excellentes lettres de recommandation de l'école élémentaire qu'elle avait fréquentée en France et de l'Académie Mantone, en Suisse. Mlle Burke n'avait rencontré aucun des deux parents de la jeune fille, lesquels résidaient dans leur chalet à Genève. Toutes les questions administratives avaient été réglées avec le tuteur américain de Louise, un certain M. Nicoll, de qui Mlle Burke avait reçu un chèque pour toute l'année. Louise était arrivée au début du semestre d'automne et, en cinq mois, s'était imposée au sein de l'Académie.

Ethel détestait la fille Semon dont, disait la rumeur, le père était un comte français et la mère une héritière corse. Elle détestait absolument tout chez elle – son physique, sa popularité, le moindre détail ayant trait à sa personne et à ses manières. Et Ethel ne savait pas exactement pourquoi – ce n'était pas tout à fait qu'elle était jalouse, cependant il y avait de cela ; ce n'était pas qu'elle pensait que Louise se moquait d'elle en secret ou parce qu'elle se comportait comme si Ethel n'existait pas – c'était autre chose. Ethel avait un soupçon à propos de Louise, dont personne n'aurait osé rêver – et elle avait bien l'intention de savoir si oui ou non elle avait raison. Après cela, Louise perdrait assurément de sa superbe. Ethel n'avait certes rien trouvé dans la chambre de Louise cet après-midi, pas même une lettre – rien. Mais elle souriait dans la salle à manger, tout en regardant Louise qui riait gaiement et discutait, une fois de plus au centre de l'attention – car elle avait un petit entretien prévu avec Mlle Burke pour le soir même !

II

Le carillon de l'horloge de parquet annonçait huit heures dans le salon de réception du logement de Mlle Burke où Ethel attendait nerveusement. Les lumières étaient tamisées et les coins de la pièce plongés dans la pénombre – l'atmosphère dans son ensemble était froide et victorienne. Ethel attendait à la fenêtre – elle observait la première chute de neige de l'année, les premiers habits blancs qui se déposaient sur les arbres dénudés et le manteau poudreux argenté de la terre. « Il faut que j'écrive un poème à ce sujet un de ces jours – “La première chute de neige”, d’Ethel Pendleton. » Elle esquissa un discret sourire et s’assit sur un fauteuil tapissé.

La porte à l’extrémité de la pièce s’ouvrit et Mildred Barnett émergea du salon particulier de Mlle Burke.

« Bonsoir, mademoiselle Burke, et merci infiniment de votre aide. »

Ethel sortit de la pénombre et traversa la pièce d’un pas décidé. Elle s’arrêta à la porte du salon de Mlle Burke et prit une profonde inspiration ; elle savait exactement ce qu’elle allait dire – après tout, Mlle Burke devait être informée du soupçon qui taraudait Ethel ; tout cela dans l’intérêt de l’établissement, bien entendu. Mais Ethel savait qu’elle mentait, y compris à elle-même. Elle frappa doucement et attendit jusqu’à entendre la voix haut perchée de Mlle Burke.

« Entrez, je vous prie. »

Mlle Burke était assise devant la cheminée, elle buvait du café dans une petite tasse en porcelaine. Il n’y avait pas d’autre lumière dans la pièce et Ethel se dit, en s’asseyant sur le coussin soyeux aux pieds de Mlle Burke, que cela ressemblait étrangement à une scène de paix et de sérénité de carte de vœux.

« Comme c'est gentil de votre part de passer me voir, Ethel, ma chère. Y a-t-il quelque chose que je puisse faire pour vous ? »

Ethel eut presque envie de rire – c'était si drôle, si ironique. Dans un quart d'heure, cette femme âgée, posée, serait pour le moins secouée.

« Mademoiselle Burke, une information m'a été transmise, qui, me semble-t-il, mérite toute votre attention. » Elle avait soigneusement choisi chaque mot, prenant soin d'adopter les intonations que Mlle Burke jugeait correctes et distinguées. « C'est au sujet de Louise Semon. Voyez-vous, un ami de la famille, un médecin, est récemment venu me rendre visite ici, à l'école et… »

Mlle Burke posa sa petite tasse et écouta, stupéfaite et choquée, l'histoire d'Ethel. Son visage digne s'empourpra. Au milieu du récit, elle s'exclama : « Mais Ethel, ce ne peut pas être vrai – j'ai tout arrangé avec une personne d'une intégrité indiscutable – un certain M. Nicoll – assurément il savait que jamais nous n'aurions autorisé cela – une chose aussi lamentable !

— Je sais que c'est vrai, s'exclama Ethel, agacée face à tant d'incrédulité. Je le jure ! Appelez demain ce M. Nicoll, demandez-lui – dites-lui que la situation est intolérable et qu'elle met en péril la réputation de votre établissement – si j'ai raison.

Je sais que c'est le cas. D'ailleurs, il n'y a pas de raison d'écouter uniquement M. Nicoll. Il y a certainement des autorités qui… »

Et Mlle Burke hocha la tête. Elle était à chaque minute plus convaincue et choquée. Il n'y avait que le son de la voix d'Ethel et le doux ronron du feu – et la présence discrète de la neige qui tombait, chuchotant à la vitre.

III

Une lumière pâle était allumée dans le couloir quand Ethel arriva dans sa chambre. L'extinction des feux avait déjà eu lieu une bonne heure auparavant. Elle allait devoir se déshabiller dans le noir. Au moment où elle entra dans sa chambre, elle sut que quelque chose n'allait pas. Elle sut qu'elle n'était pas seule.

Dans un murmure effrayé elle demanda : « Qui est là ? » Soudain terrifiée elle se dit : C'est Louise. Elle a d'une façon ou d'une autre découvert le pot aux roses – elle sait – et elle est venue ici.

Puis, par-dessus les battements de son propre cœur, elle entendit le froissement délicat de la soie et une main lui empoigna le bras.

« C'est moi – Mildred.

— Mildred Barnett ?

— Oui, je suis venue pour que vous arrêtiez vos manigances ! »

Ethel tenta de rire, mais elle s'étrangla et ne fit que tousser. « Je ne vois pas, mais alors pas du tout, de quoi vous parlez. Arrêter quoi ? » Mais elle entendit bien que sa voix sonnait faux et fut effrayée.

Mildred la secoua. « Vous savez ce que je veux dire ! Vous êtes venue voir Mlle Burke tout à l'heure – j'ai écouté. Ce n'est peut-être pas une initiative très honorable de ma part, mais je suis contente de l'avoir prise, si cela peut aider Louise à échapper au mensonge que vous avez proféré ce soir. »

Ethel essaya de repousser le bras de son accusatrice. « Arrêtez ! vous me faites mal !

— Vous avez menti – n'est-ce pas ? » La fureur de Mildred lui donnait une voix rauque.

« Non – non – c'était la vérité – je le jure. Mlle Burke le découvrira, si ce n'est pas la vérité ; et alors vous verrez. Vous ne trouverez plus Mlle Semon si formidable après ça ! »

Mildred relâcha son étreinte. « Écoutez, que cela soit vrai ou pas, pour moi cela ne change strictement rien – vous n'avez même pas un seul cours en commun avec cette fille. » Elle s'interrompit un moment et choisit avec soin les mots qu'elle allait prononcer : « Suivez mon conseil – allez voir Mlle Burke et dites-lui que vous avez menti – sinon je ne réponds pas de votre santé, Ethel Pendleton. Vous jouez avec de la dynamite ! »

Ayant prononcé ces mots en guise d'adieu, elle ouvrit la porte et la fit bruyamment claquer.

Ethel resta toute tremblante dans l'horrible obscurité. Ce n'était pas à cause de Louise – cela, elle s'en fichait – c'étaient les autres. Mildred allait probablement leur dire, et c'est pour cette raison qu'elle sut soudain qu'elle allait pleurer.

IV

Mlle Burke était étendue sur le sofa de son salon, la tête relevée sur un immense oreiller de soie rose. Elle appuyait les mains de toutes ses forces sur ses yeux, essayant de repousser la douleur sourde qui rongeait ses nerfs à vif.

Mlle Burke songeait en frissonnant à ce qui se serait passé si, au lieu de venir la voir, Ethel était allée parler aux autres élèves, qui, à leur tour, en auraient parlé à leurs parents. Oui, il fallait féliciter Ethel.

Quand Ethel entra dans le royaume privé de la directrice, l'horloge du salon de réception sonnait cinq heures. Le faible soleil d'hiver avait disparu, et le gris crépuscule de janvier filtrait chichement à travers les lourdes tentures aux fenêtres. Elle voyait que Mlle Burke était perturbée.

« Bon après-midi, ma chère. » La voix de Mlle Burke était lasse, épuisée.

« Vous souhaitiez me voir ? » Ethel cherchait à paraître, du moins extérieurement, aussi innocente que possible.

Mlle Burke fit un geste de contrariété.

« Venons-en au fait sans attendre. Vous aviez raison. J'ai appelé M. Nicoll et lui ai demandé un rapport complet sur les parents de la jeune fille. Sa mère était une Noire américaine, une mulâtresse, pour être exacte, originaire de l'Ouest. Danseuse faisant sensation à Paris, elle a épousé Alexis Semon, un riche Français titré. Donc Louise est, comme vous le soupçonniez, une personne de couleur. Le terme technique est, me semble-t-il, *quarteronne*. Tout à fait regrettable. Naturellement la situation est intolérable, ainsi que je l'ai expliqué à M. Nicoll. Je lui ai annoncé que la jeune fille allait se voir signifier son renvoi immédiat. Il passe la prendre ce soir. Naturellement, j'ai eu un entretien avec Louise et lui ai expliqué la situation le plus gentiment possible – oh, mais à quoi bon évoquer cela ? »

Elle considéra Ethel comme si elle recherchait de la compassion – mais elle ne vit qu'un visage de jeune fille dont les lèvres fines étaient tendues en un sourire sardonique de triomphe. Mlle Burke se rendit soudain compte qu'elle avait été manipulée par la jeune fille jalouse. Abruptement elle déclara : « Laissez-moi, je vous prie. »

Une fois Ethel partie, Mlle Burke resta allongée sur le sofa et se rappela, avec une clarté terrible, tout ce que Louise avait dit pour sa défense. Qu'est-ce que cela changeait ? Elle ne ressemblait pas à une jeune fille de couleur. Elle était aussi intelligente et charmante que n'importe quelle autre élève – mieux éduquée que la plupart. Elle était si heureuse ici ; l'Amérique n'était-elle pas une démocratie ?

Mlle Burke tâcha de s'apaiser en se disant que sa décision avait été dictée par la raison – après tout, elle dirigeait une institution respectable. Elle n'avait accepté cette jeune fille que parce qu'on lui avait menti. Mais quelque chose lui faisait dire qu'elle avait tort et que Louise avait raison !

V

Il était neuf heures du soir et Ethel était étendue sur son lit, elle fixait le plafond – s'efforçant de ne penser à rien, de ne rien entendre. Elle voulait s'endormir et oublier.

On frappa doucement à la porte. Puis la porte s'ouvrit et Louise Semon apparut dans l'encadrement.

Ethel ferma les yeux de toutes ses forces – elle n'avait pas prévu cela.

« Que veux-tu ? » Elle s'était adressée au plafond, sans tourner la tête.

La magnifique jeune fille était près du lit, tête baissée, elle regardait Ethel droit dans les yeux. Ethel voyait ces yeux sombres posés sur elle et elle savait qu'ils étaient gonflés de larmes.

« Je suis venue te demander pourquoi tu m'as fait ça. Tu m'en veux à ce point ?

— Je te déteste.

— Pourquoi ? demanda Louise avec gravité.

— Je ne sais pas – va-t'en, s'il te plaît ; laisse-moi tranquille ! »

Elle entendit Louise ouvrir la porte. « Ethel, tu es une fille étrange. Je crains de ne pas comprendre… » Et la porte fut refermée.

Quelques minutes plus tard, Ethel entendit une voiture s'avancer devant l'entrée. Elle alla regarder à la fenêtre. Une limousine noire sortait de l'enceinte de l'école. Ethel se retourna et se trouva face au visage de Mildred Barnett.

Mildred dit simplement : « Eh bien, Ethel, vous avez à la fois gagné et perdu. Je vous avais dit que vous jouiez avec de la dynamite. Oui, Ethel, vous avez fait une prestation plutôt brillante, en un sens – dois-je applaudir ? »

Un cadeau pour Jamie

Presque chaque matin, hormis les dimanches, Mlle Julie emmenait Teddy jouer au parc. Teddy adorait ces sorties quotidiennes. Il prenait son vélo ou des jouets et s'amusait tandis que Mlle Julie, contente d'être débarrassée de lui, bavardait avec les autres nourrices et flirtait avec les agents de police. Teddy préférait le parc le matin, quand le soleil n'était pas trop chaud et que l'eau jaillissait des fontaines en une vapeur de cristal.

« On dirait de l'or, n'est-ce pas, Mademoiselle Julie ? disait-il à la nourrice en tenue blanche, maquillée avec soin.

— J'aimerais bien ! » maugréait Mlle Julie.

La veille du jour où Teddy fit connaissance de la mère de Jamie, il avait plu, et ce matin-là, le parc était frais et vert. On avait beau être fin septembre, on aurait plutôt dit une matinée de printemps. Teddy courait sur l'allée pavée du parc avec une pétulante exubérance. Il était un Indien, un détective, un gentleman cambrioleur, un prince de conte de fées, il était un ange, il allait échapper aux voleurs à travers les buissons – et surtout il était heureux d'avoir deux heures entières pour lui tout seul.

Il s'amusait avec son lasso de cow-boy au moment où il l'aperçut. Elle arriva par l'allée et s'assit sur l'un des bancs inoccupés. Le chien qui l'accompagnait attira immédiatement l'attention de Teddy. Il adorait les chiens, il mourait d'envie d'en avoir un, mais papa avait dit non, parce qu'il n'avait pas envie de passer du temps à apprendre la propreté à un chiot, et puis avoir un chien déjà adulte ce n'était pas pareil. Le chien de cette femme, voilà exactement ce dont il avait toujours rêvé. Un terrier à poils durs, à peine plus grand qu'un chiot.

Il s'avança lentement, un peu gêné, et tapota la tête du chien.

« Ça c'est un toutou », « Un bon chien ». C'est ce qu'ils disaient dans les films et dans les histoires d'aventures que Mlle Julie lui lisait.

La femme leva les yeux. Teddy se dit qu'elle devait avoir l'âge de sa mère, mais sa mère n'avait pas d'aussi beaux cheveux. Ceux-là étaient soyeux comme de l'or et ondulés, ils avaient l'air doux.

« C'est un chien rudement mignon. J'aimerais bien en avoir un comme lui. »

La femme sourit et c'est alors qu'il se dit qu'elle était jolie. « Ce n'est pas le mien, dit-elle. Il est à mon petit garçon. » En plus, elle avait une voix gentille.

Immédiatement les yeux de Teddy s'illuminèrent. « Vous avez un petit garçon comme moi ?

— Oh, il est un peu plus âgé que toi. Il a neuf ans. »

Immédiatement Teddy s'exclama : « J'ai huit ans, enfin presque. » Il paraissait plus jeune. Il était petit pour son âge, et très brun. Ce n'était pas un enfant très beau, mais il avait un visage jovial et des manières désarmantes.

« Il s'appelle comment, votre petit garçon ?

— Jamie – Jamie. » Prononcer le nom sembla la rendre heureuse.

Teddy se mit debout sur le banc, à côté d'elle. Le chien était toujours d'humeur joueuse, il continuait à sauter sur Teddy et à lui griffer les jambes.

« Assis, Frisky, ordonna la femme.

— C'est son nom ? demanda Teddy. C'est un nom rudement mignon. Quel chouette chien. J'aimerais bien avoir un chien, je l'emmènerais au parc tous les jours, on pourrait jouer et ensuite, le soir, il s'installerait dans ma chambre et je lui parlerais au lieu de parler à Mlle Julie, vu que Frisky s'en ficherait de savoir de quoi je parle – n'est-ce pas ? »

La femme émit un rire de gorge, un peu triste. « J'imagine que c'est pour ça que Jamie aime tant Frisky. »

Teddy câlina le chien contre sa jambe.

« Est-ce que Jamie court avec lui dans le parc, il joue aux Indiens et tout ça ? »

Le sourire de la femme s'effaça. Elle détourna le regard, qui alla se perdre au loin, vers le lac. L'espace d'un instant il crut qu'elle était en colère contre lui.

« Non, répondit-elle, non, il ne court pas avec Frisky. Il joue simplement avec lui par terre, il ne peut pas sortir. C'est pour ça que je promène Frisky. Jamie n'est jamais venu au parc – il est malade.

— Ah, je ne savais pas. » Teddy se mit à rougir. Soudain il aperçut Mlle Julie qui arrivait par le chemin, et il savait qu'elle serait en colère si elle le voyait parler à une inconnue.

« J'espère qu'on se reverra, dit-il, dites bonjour à Jamie de ma part. Maintenant, il faut que je m'en aille, mais vous serez peut-être là demain, non ? »

La femme sourit ; il la trouva de nouveau très belle. Il courut à la rencontre de Mlle Julie, qui donnait à manger aux pigeons. Il se retourna et lança : « Au revoir, Frisky. » La chevelure ondulée de la femme resplendissait au soleil.

II

Ce soir-là, il ne cessa de penser à la femme et au petit garçon, Jamie. Il devait être très malade pour ne pas pouvoir aller dehors. Et, allongé dans son lit, Teddy ne put chasser l'image de Frisky. Il espérait que la femme serait là le lendemain.

Au matin, Mlle Julie le réveilla en le secouant et lui ordonna d'un ton sec : « Allons, espèce de fainéant ! Sors immédiatement de ce lit, sinon tu n'iras pas au parc. »

Il ne se fit pas prier, se leva d'un bond et courut jusqu'à la fenêtre. L'air était limpide, il faisait bon et il y avait dans l'air l'odeur fraîche du petit matin. Cela allait être magnifique au parc, aujourd'hui !

« Hourra, hourra, s'écria-t-il en se précipitant dans la salle de bain.

— Non mais, allez savoir ce qui lui prend, à cet enfant ? » s'exclama Mlle Julie, quelque peu perplexe, s'occupant d'un Teddy pour le moins excité.

Quand ils arrivèrent au parc, Teddy s'éloigna de Mlle Julie pendant qu'elle discutait avec deux autres nourrices. Les longues allées sinueuses du parc étaient presque désertes. Il se sentait complètement libre et seul. Il s'enfonça dans un buisson et ressortit près du lac, et là, juste devant lui, il aperçut la femme et le chien.

Elle leva la tête quand le chien se mit à aboyer après Teddy.

« Bonjour, Teddy », le salua-t-elle sur un ton chaleureux.

Il était content qu'elle se souvienne de lui. Qu'est-ce qu'elle était gentille ! « Bonjour, bonjour Frisky. » Il s'assit sur le banc et le chien sauta sur lui, lui léchant les mains, se blottissant contre ses côtes.

« Hi hi, gloussa Teddy. Ça chatouille.

— Je t'ai attendu presque dix minutes, dit la femme.

— Vous m'attendiez ? s'étonna-t-il, fou de joie.

— Oui, lui répondit-elle en riant. Il va bien falloir que je retourne auprès de Jamie avant la fin de la journée.

— Oui, s'empressa de dire joyeusement Teddy. Oui, bien sûr, évidemment. Je parie que Frisky doit lui manquer quand il est là, au parc. Je sais que je ne le quitterais jamais des yeux s'il était à moi.

— Mais Jamie n'est pas aussi chanceux que toi, dit-elle. Il ne peut pas courir et jouer. »

Teddy caressa le chien ; il appuya la truffe humide de l'animal contre sa joue chaude. Il avait entendu dire que tant que la truffe était froide, le chien était en bonne santé.

« Qu'est-ce qu'il a comme maladie, Jamie ?

— Ah, répondit-elle vaguement, une espèce de toux, une vilaine toux.

— Alors il ne peut pas être très malade, se réjouit Teddy. Moi j'ai toussé plein de fois, et je ne suis jamais resté au lit plus de deux ou trois jours. »

Elle esquissa un pâle sourire. Ils restèrent assis en silence. Teddy caressait le chien sur ses genoux, il aurait voulu se relever d'un bond et courir avec lui sur les pelouses vertes hérissées de pancartes ACCÈS INTERDIT.

Peu après, elle se leva, prit la laisse du chien dans sa main. « Il faut que je m'en aille, maintenant.

— Vous ne partez pas, si ?

— Si, j'en ai peur. J'ai promis à Jamie de revenir très vite. J'étais censée juste descendre lui acheter des illustrés. Si je ne me dépêche pas, il va appeler la police !

— Ah, s'empressa-t-il de dire. J'ai plein d'illustrés à la maison. J'en apporterai demain pour Jamie !

— Bien, fit la femme. Je lui dirai. Il adore ça. » Elle se mit en marche dans l'allée.

« Je vous retrouverai ici demain et j'apporterai les magazines. J'en apporterai plein ! lança-t-il tandis qu'elle s'éloignait.

— Merci, répondit-elle en retour. À demain. »

Tout en la regardant disparaître, il se dit que ce devait être merveilleux d'avoir une mère comme ça et un chien comme Frisky. Oh, Jamie avait vraiment de la chance, se dit-il. C'est alors qu'il entendit la voix sèche de Mlle Julie qui l'appelait.

« Teddy, oh – you-hou ! Teddy, viens immédiatement. Mlle Julie t'a cherché partout. Tu es un vilain garçon et Mlle Julie est en colère après toi. »

Il se retourna en riant et courut vers elle, et soudain, en courant le plus vite possible, il eut l'impression d'être un arbrisseau qui ployait dans le vent.

Ce soir-là, après avoir dîné et pris son bain, il se mit à rassembler tous ses illustrés. Ils étaient entassés pêle-mêle dans son placard, dans une caisse en cèdre et sur une étagère. À l'exception des magazines aux couvertures criardes, son étagère était un autel dédié à la littérature sérieuse : *Le Livre du savoir pour les enfants, Poèmes et bouts-rimés pour l'enfant, Les Livres incontournables de l'enfance.*

Il réussit à rassembler une trentaine d'illustrés récemment parus avant que sa mère et son père entrent dans sa chambre pour lui souhaiter une bonne nuit. Sa mère portait une robe longue de soirée à motifs fleuris et elle avait des fleurs et du parfum dans les cheveux. Il adorait l'odeur des gardénias, si forte et si fraîche. Son père était en smoking et avait un chapeau haut de forme en soie à la main.

« Que fais-tu avec tous ces illustrés ? lui demanda sa mère.

— C'est pour un ami », répondit Teddy en espérant qu'elle ne poserait pas davantage de questions. L'affaire ne serait pas aussi mystérieuse, pas aussi excitante, si sa mère apprenait de quoi il retournait.

« Allons, Ellen, dit son père d'une voix impatiente. Le lever de rideau est à vingt heures trente, et j'en ai marre d'arriver aux spectacles en plein milieu.

— Bonne nuit, mon chéri.

— Bonne nuit, fils. »

Il leur envoya un baiser tandis qu'ils refermaient la porte derrière eux. Puis, très vite, il retourna à ses magazines. Il prit le grand papier dans lequel son habit neuf était arrivé, et emballa comme il put les illustrés. Cela faisait un gros paquet. Il noua le tout à l'aide d'une ficelle épaisse et grossière. Il recula un peu pour contempler son œuvre. Quelque chose clochait, se dit-il. Ce n'était pas assez chic ; cela ne ressemblait pas à un cadeau.

Il alla à son pupitre, fouilla à l'intérieur et en sortit une boîte de crayons de couleur. En alternant lettres rouges et lettres vertes, il écrivit CADEAU, puis il passa au bleu et rouge : POUR JAMIE – DE LA PART DE TEDDY.

Satisfait, il dissimula le paquet avant que Mlle Julie vienne lui éteindre la lumière et lui ouvrir la fenêtre.

Le lendemain matin, avant qu'ils aillent au parc, il sortit sa locomotive Red Sky Chief Wagon, disposa son paquet dessus et le recouvrit de jouets.

Quand ils arrivèrent au parc, Teddy se rendit tout de suite compte qu'il allait être facile de fausser compagnie à Mlle Julie. Elle avait mis sa plus belle robe. Elle était tout excitée et avait plus de rouge à lèvres qu'à l'accoutumée. Elle avait l'intention de retrouver le policier O'Flaherty au parc. L'agent de police O'Flaherty était le fiancé de Mlle Julie, du moins Mlle Julie en était-elle persuadée.

« À présent, Teddy, tu peux courir et t'amuser, mais écoute bien, Mlle Julie viendra te retrouver au terrain de jeux. »

Il courut le plus vite possible en direction du lac. Il ne pouvait pas prendre de raccourci avec le chariot qui bringuebalait derrière lui.

Il aperçut Frisky et la femme assise sur le banc.

« Ma foi, tu arrives à l'heure, je vois », lui dit-elle en riant quand elle l'aperçut.

Il fit rouler le chariot à côté du banc, écarta les jouets déposés sur le dessus et présenta fièrement l'imposant colis rempli d'illustrés.

« Oh, s'exclama-t-elle, quel gros paquet ! Dis-moi, Jamie ne lira jamais tout ça. Ça va lui faire très plaisir, Teddy. Approche, que je t'embrasse. »

Il rougit légèrement lorsqu'elle lui déposa un baiser sur la joue.

« Tu es gentil, dit-elle d'une voix douce en se relevant avant de remettre son manteau. Nous avons été obligés d'emmener Jamie à l'hôpital la nuit dernière.

— Il ne va pas pouvoir lire les illustrés ? s'empressa de demander Teddy.

— Si, répondit-elle dans un sourire, bien sûr que si – ça l'occupera. La seule chose qui me préoccupe c'est de savoir si je vais réussir à tous les porter. » Elle souleva le gros paquet et soupira d'un air las. Frisky se mit à sauter sur place, tirant si fort sur la laisse qu'elle manqua de faire tomber les illustrés.

« Arrête ça, Frisky, s'écria Teddy.

— Eh bien, encore merci, Teddy. Je ne peux pas rester aujourd'hui. » Elle lui adressa un signe de la main et s'engagea dans l'allée. Frisky tira sur sa laisse en direction de Teddy.

« Vous serez là demain ? lança Teddy.

— Je ne sais pas – peut-être », lui répondit-elle ; puis elle s'engagea dans un virage et disparut.

Il voulut courir après elle, l'accompagner à l'hôpital et voir Jamie, jouer avec Frisky, que la femme l'embrasse de nouveau sur la joue et lui dise qu'il était gentil. Au lieu de cela, il retourna au terrain de jeux où il retrouva Mlle Julie, puis ils rentrèrent à la maison.

Le lendemain, il retourna au parc et se rendit directement au banc, mais il n'y avait personne. Il attendit une heure et demie, puis soudain il sut, il sut de manière presque maladive qu'elle ne viendrait pas – qu'elle ne reviendrait jamais et qu'il ne la reverrait plus jamais, et Frisky non plus. Il eut envie de pleurer, mais se retint.

Le jour suivant était un dimanche et il ne pouvait pas se rendre au parc. Le matin, il alla à l'église. Puis sa grand-mère leur fit une visite et ne le lâcha pas de tout l'après-midi.

« Si tu veux mon avis, Ellen, cet enfant est malade ! Il a eu un comportement bizarre tout l'après-midi. Je lui ai donné de l'argent pour qu'il aille s'acheter un soda et il m'a répondu qu'il n'en voulait pas. Il a dit qu'il voulait un chien, un chien à poils durs qu'il appellerait Frisky. Voilà qui est tout de même singulier ! »

Le soir même, son père tâcha de savoir ce qui se passait.

« Fils, tu ne te sens pas bien ? Tu peux me le dire si quelque chose ne va pas. »

Teddy pinça les lèvres de sa petite bouche. « Eh bien, papa, c'est un chien, un petit chien – la mère d'un garçon malade – Jamie – il… »

Sa mère apparut à la porte. « Bill, si nous allons chez les Abbott, tu ferais bien de te dépêcher. Ils nous attendent pour le cocktail à sept heures. »

Son père se leva, regarda sa montre et dit : « Nous rediscuterons de cela une autre fois, fils. » Puis il sortit, et peu après Teddy entendit la porte de l'appartement claquer.

Il était allongé en travers de son lit et pleurait quand Mlle Julie entra. Elle était euphorique, son visage était empourpré. Elle le prit dans ses bras et lui tapota la tête. C'était la première fois qu'il la voyait consoler quelqu'un. L'espace d'un instant, il l'apprécia presque.

« Devine un peu, Teddy ! Oh, tu ne devineras jamais ! Devine un peu ! »

Il leva la tête et cessa de pleurer. « Je ne veux pas deviner. Je n'ai pas envie de deviner. Ma mère et mon père ne m'aiment pas – personne ne m'aime – en tout cas personne que tu connais. »

Mlle Julie se moqua de lui.

« Quel cornichon tu fais, Teddy. Quel sot – enfin, j'imagine qu'on passe tous par cet âge. »

Mlle Julie et ses histoires d'âges !

« Mais tu n'as pas encore deviné. Oh, bon, je vais te le dire. M. O'Flaherty m'a demandée en mariage ! » Un grand sourire illuminait son visage.

« Vous allez vous marier ? » demanda-t-il.

Elle tendit la main et exhiba une bague en argent incrustée d'une améthyste, que Teddy prit pour une bague de fiançailles.

Sur ce, elle se leva et se précipita dans sa chambre. Elle ne revint pas le mettre au lit ce soir-là, ni lui ouvrir la fenêtre.

Le lendemain matin, il se réveilla très tôt. Personne n'était levé, pas même Mlle Julie, et aucun bruit ne sortait de la chambre de ses parents ni de celle de la nourrice. Prudemment, en silence, il s'habilla. Puis il sortit en douce de l'appartement, s'avança dans le long couloir en direction de l'escalier. Il n'osa pas appuyer sur le bouton de l'ascenseur, de peur de faire du bruit.

Dans le parc, il faisait froid mais le temps était splendide. Il n'y avait personne, hormis un homme endormi sur un banc. Il était recroquevillé, si laid, semblant avoir si froid et si faim que Teddy passa en courant sans oser le regarder une seconde fois.

Il alla jusqu'au lac et s'assit sur le banc habituel. Il décida de rester là jusqu'à ce que Frisky et la mère de Jamie arrivent, la journée entière s'il le fallait.

La surface de l'eau était magnifique. Il imagina que c'était un grand océan et qu'il voguait dessus à bord d'un bateau à voiles, tandis que des musiciens jouaient derrière, exactement comme dans les films.

Il était assis depuis fort longtemps lorsqu'il aperçut le premier cavalier. Il sut que la matinée devait être assez avancée si les cavaliers étaient de sortie. Après le premier, les autres apparurent en nombre, ils allaient vite. Il les compta au fur et à mesure qu'ils passaient. Il avait vu de nombreuses célébrités à cheval dans le parc, mais sans Mlle Julie pour les identifier, il ne pouvait pas les distinguer des gens ordinaires.

Puis les landaus et les nourrices commencèrent à arriver. Il était presque dix heures du matin. Le soleil s'élevait dans le ciel, déjà resplendissant. Dans la chaleur de ses rayons, il sentit qu'il s'assoupissait.

Soudain il entendit un glapissement et un aboiement. Un petit terrier à poils durs sauta sur le banc à côté de lui.

« Frisky – Frisky ! s'écria-t-il. C'est toi ! »

Un homme grand et mince était à l'autre extrémité de la laisse. Teddy leva la tête et le dévisagea, perplexe.

« Comment t'appelles-tu, fils ? demanda l'inconnu.

— Teddy », répondit-il d'une petite voix effrayée.

L'homme lui tendit une enveloppe. « Alors je crois que ceci est pour toi. »

Teddy l'ouvrit avec anxiété. L'écriture était ample et gracieuse. Il eut du mal à la lire.

Cher Teddy,

Frisky est pour toi. C'est ce que Jamie aurait voulu.

La lettre n'était pas signée. Teddy la regarda fixement pendant un long moment jusqu'à ne plus la voir. Il attrapa le chien, l'attira contre lui et le serra le plus fort possible. Il trouverait bien une explication pour maman et papa.

Puis l'homme lui revint à l'esprit. Il releva la tête. Il regarda partout autour de lui, mais l'homme avait disparu, il ne voyait plus que l'allée, les arbres, l'herbe et le lac brillant dans le soleil du matin.

Lucy

Lucy était en fait la conséquence de l'amour de ma mère pour la cuisine du Sud. Je passais d'ailleurs l'été dans le Sud quand ma mère écrivit à ma tante pour lui demander de trouver une femme de couleur sachant vraiment cuisiner et qui serait d'accord pour venir à New York.

Après prospection, Lucy fut le résultat. Elle avait une onctueuse peau olive et ses traits étaient plus fins et moins prononcés que la plupart des Noirs. Elle était grande et raisonnablement ronde. Elle avait été une des enseignantes à l'école pour enfants de couleur. Mais elle semblait avoir une intelligence naturelle, non pas formée par les livres – une enfant de la terre ayant une compréhension et une compassion profonde pour tout ce qui vivait. Comme la plupart des Noirs du Sud, elle était très religieuse, et je la vois aujourd'hui encore assise à la table de la cuisine, à lire sa Bible, me déclarant le plus sérieusement du monde qu'elle était une « enfant de Dieu ».

Donc nous eûmes Lucy, et lorsqu'elle descendit du train, à Pennsylvania Station, en ce matin de septembre, nous vîmes de la fierté et du triomphe dans ses yeux. Elle m'annonça que toute sa vie elle avait voulu vivre dans le Nord pour, ainsi qu'elle le disait, « vivre comme un être humain ». Ce matin-là, elle pensait ne plus jamais revoir les lois racistes anti-Noirs assorties de tant de bigoterie et de cruauté.

À cette époque, nous habitions un appartement sur Riverside Drive. De toutes les fenêtres de devant, nous avions une excellente vue sur la Hudson River et la ligne de falaises des Jersey Palisades, qui se dressaient bien droites avec le ciel en toile de fond. Le matin, on aurait dit des messagers saluant l'aube, et le soir, au coucher du soleil, quand l'eau se teintait d'un mélange de nuances empourprées, les falaises étincelaient avec splendeur, telles des sentinelles d'un monde antique.

Parfois, au coucher du soleil, Lucy s'asseyait à la fenêtre de l'appartement et contemplait amoureusement le spectacle du jour agonisant dans la plus grande métropole du monde.

« Hum-hum, si seulement Mama et George étaient là pour voir ça », disait-elle. Et au début elle aima les lumières de la ville et tout le bruit. Presque chaque samedi, elle m'emmenait à Broadway pour des sorties théâtrales. Elle adorait le vaudeville, et l'enseigne Wrigley était un spectacle à elle toute seule.

Lucy et moi étions de loyaux compagnons. Parfois, l'après-midi, après l'école, elle m'aidait à faire mes devoirs de mathématiques – elle était très bonne en mathématiques. Elle lisait énormément de poésie, mais elle n'y connaissait rien, simplement elle aimait le son des mots, et à l'occasion le sentiment qu'ils véhiculaient. C'est par le biais de ces lectures que j'ai compris à quel point elle avait le mal du pays. Lorsqu'elle lisait des poèmes ayant une thématique associée au Sud, elle les lisait superbement, avec énormément d'émotion. Sa douce voix récitait les vers avec tendresse, en en ressentant chaque subtilité, et si je relevais la tête assez vite, il y avait la trace d'une larme luisant dans l'obscurité exquise de ses yeux de Noire. Si j'y faisais allusion, elle éclatait de rire et haussait les épaules.

« Il n'empêche, c'était beau, non ? »

Quand Lucy travaillait, invariablement elle s'accompagnait d'un doux chant aux intonations « blues ». J'aimais l'entendre chanter. Une fois, nous allâmes voir Ethel Waters, après quoi, pendant des jours, elle chanta comme elle en allant et venant dans toute la maison, jusqu'à annoncer qu'elle allait s'inscrire à un concours de chant amateur. Je n'oublierai jamais ce concours. Lucy se classa deuxième, et j'eus les mains à vif d'avoir tant applaudi. Elle chanta « *It's De-Lovely, It's Delicious, It's Delightful* ». Encore aujourd'hui, je me souviens des paroles, tant nous les avions répétées. Elle était morte de peur à l'idée de les oublier et lorsqu'elle monta sur scène, sa voix tremblait juste assez pour lui conférer un timbre à la Ethel Waters.

Mais Lucy renonça finalement à sa carrière musicale car elle fit la connaissance de Pedro, après quoi elle n'eut plus le temps pour grand-chose d'autre. C'était un des ouvriers qui travaillaient au sous-sol de l'immeuble, et lui et Lucy s'entendaient comme larrons en foire. Lucy était à New York depuis cinq mois seulement quand cela se produisit, et elle était encore, techniquement parlant, inexpérimentée. Pedro avait du bagou, il s'habillait de manière tape-à-l'œil, et moi j'étais en colère parce que désormais je n'allais plus voir de spectacles. Maman riait et me disait : « Ma foi, je crois bien que nous l'avons perdue, elle devient une fille du Nord. » Elle ne semblait pas s'en soucier outre mesure, mais moi, si.

Lucy finit par ne plus apprécier Pedro, elle non plus, et elle fut alors plus seule que jamais.

Il m'arrivait de lire son courrier, quand elle le laissait traîner à la vue de tous. Les lettres qu'elle recevait ressemblaient à quelque chose de ce genre :

Chère Lucy,

Ton père l'est malade, l'est au lit, là. Il te dit l'bonjour. On se dit que maintenant que tes dans le Nord tas plus le temps pour nous autres. Ton Frère George lest parti à Pensacola, y travaille dans une fabric de bouteilles là-bas. On tembrasse très fort.

Mama

Parfois, tard le soir, je l'entendais pleurer doucement dans sa chambre, alors je savais qu'elle allait retourner chez elle. New York n'était que vaste solitude. La Hudson River ne cessait de murmurer « Alabama River ». Oui, Alabama River, avec toute son eau rouge boueuse qui remontait haut sur les berges, avec tous ses multiples petits affluents marécageux.

Toutes les lumières de la grande ville – quelques lampions dans le noir, le chant solitaire d'un engoulevent bois-pourri, un train qui hante la nuit de son cri. Ciment dur, acier froid et lumineux, de la fumée, les revues burlesques, le son étouffé du métro dans le tunnel souterrain froid et humide. Bruit de ferraille, ferraille – herbe douce et verte – et oui soleil, chaud, si chaud, mais si apaisant, pieds nus, et un ruisseau frais, au lit sablonneux, avec des galets lisses, ronds et doux, comme du savon. La grande ville, pas un endroit pour quelqu'un de la terre, Mama m'appelle à la maison. George, je suis enfant de Dieu.

Oui, je savais qu'elle allait s'en retourner. Si bien que lorsqu'elle m'annonça son départ, je ne fus pas étonné. J'ai ouvert et refermé la bouche, j'ai senti des larmes dans mes yeux et une impression de vide dans le ventre.

C'est en mai qu'elle est partie. Une chaude soirée, le ciel au-dessus de la ville était rouge dans la nuit. Je lui ai offert une boîte de bonbons, des cerises enrobées de chocolat (car c'est ce qu'elle préférait), et un stock de magazines.

Mère et papa la conduisirent en voiture à la gare routière. Quand ils quittèrent l'appartement, je me précipitai à ma fenêtre et me penchai pour les voir sortir de l'immeuble et monter dans la voiture, puis lentement, gracieusement filer et disparaître.

Déjà je l'entendais dire : « Ohhhh, Mama, New York c'est formidable, tous les gens qu'il y a, et j'ai vu des stars de cinéma en personne, oh, Mama ! »

Circulation vers l'ouest

IV

Quatre chaises et une table. Sur la table, un papier – sur les chaises, des hommes. Des fenêtres qui surplombent la rue. Dans la rue, des gens – contre les vitres, la pluie. Peut-être était-ce une abstraction, juste une peinture, si ce n'est que des gens, innocents, ne se doutant de rien, se déplaçaient en contrebas, et la pluie laissait des traces humides.

Les hommes étaient impassibles, le document légal, précis était immobile sur la table. Puis…

« Messieurs, nos intérêts à tous les quatre ont été comparés, rapprochés et harmonisés. Les actes de chacun désormais seront encadrés par ce document. Je suggère que nous confirmions notre consentement et apposions nos noms ci-après avant de prendre congé les uns des autres. »

Un homme se leva, une feuille à la main. Un autre se leva à son tour. Il prit le papier, le lut attentivement, et déclara : « Ceci répond parfaitement à nos exigences ; c'est impeccablement rédigé. Nos sociétés respectives ont en effet, par cet acte, la garantie de bénéficier à la fois de nombreux avantages et d'une grande sécurité. Oui, de formidables bénéfices s'annoncent. Je vais le signer. »

Un troisième se leva. Il ajusta ses lorgnons, prit connaissance du document. Ses lèvres bougèrent en silence, et lorsque ses mots furent audibles, chacun était savamment pesé.

« Il faut bien admettre – et nos avocats sont également de cet avis – que le texte dans cette formulation est *clair*. Mes conseillers sont unanimes : le pouvoir que nous garantit cet accord, bien qu'extrêmement étendu, est tout à fait légal et conforme à la juridiction en vigueur. Par conséquent, je signe. » Il lut le texte une dernière fois, puis le passa au quatrième.

Homme d'affaires, comme les trois autres, il n'allait pas manquer d'apposer son nom et tous prendraient ensuite congé. Mais son front se plissa. Il resta assis, lut, scruta, examina le texte en détail. Puis il le reposa.

« Je ne peux pas, en dépit de mon accord de principe, signer ce document. Et vous non plus. »

Il lut de l'étonnement sur leurs visages. « C'est le pouvoir auquel donne droit ce texte qui le rend maléfique. Les raisons que précisément vous avez évoquées, au regard des mesures que ces décrets rendent *légales*. Les perspectives d'une application à *très grande* échelle, la *garantie* formelle d'être dans la légalité, les étapes décisives qui *ont permis* d'aboutir à cela, quoique légales, ne sont pas pour nous. Si encore nous étions en contradiction avec la loi, alors nous pourrions prendre le risque, car la loi jouerait alors un rôle de contrepoids – elle serait pour les milliers de travailleurs un *soutien* et non un outil d'oppression ; elle protégerait les intérêts des plus faibles au lieu de les anéantir.

« Mais si la loi, en l'occurrence notre gouvernement, nous autorise à rendre effectif un tel texte, en toute légalité, dix mille personnes souffriront de l'optimisation de nos intérêts – et pire, ce serait tromper ceux dont nous sommes censés représenter les droits ; alors il convient de ne pas franchir cette ligne – nous nous devons de rejeter une mesure qui met en péril le bien-être de tous ceux dont nous avons la charge.

« Nous détenons le pouvoir, comme tous ceux qui sont au service de grands intérêts. Mais si nous jugeons la situation à l'aune des préceptes de Dieu, ce que les esprits obnubilés par l'argent ont bien du mal à faire, alors nous savons qu'en tant qu'hommes de pouvoir nous sommes soumis à des obligations vis-à-vis de "l'homme moyen" ; aussi, messieurs, je vous en conjure, ne cautionnez pas un acte aussi égoïste. »

Le silence, à nouveau, se fit dans la salle. Un homme d'affaires venait de détruire un certain code, et, du même coup, avait révélé un autre code.

Les trois autres comprirent son raisonnement et, l'ayant compris, remplacèrent les anciens objectifs, motivés exclusivement par le profit, par des objectifs de fraternité.

« Allons-nous-en d'ici, prenons le bus, et que le document soit légalement détruit. »

III

Le clair soleil du matin zébrait les rangées de toits et frappaient les stores tirés de la maison sur la colline.

Les couvertures d'un immense lit médiéval se mirent à bouger et une tête endormie se tourna sur l'oreiller au moment où l'on frappa à la porte.

Deux hommes propres sur eux, rasés de frais, entrèrent l'un derrière l'autre dans la chambre.

L'un des deux frères salua d'un « Bonjour, mon oncle. Voici ton jus d'orange », tandis que l'autre s'approchait des fenêtres et relevait les stores. Le soleil avide, désormais bienvenu, pénétra à flots dans la chambre.

« Tu es en retard, Gregory », grogna l'homme dans son lit. Il sirota son jus de fruit puis se redressa. « Et bon sang ! Si Minnie laisse encore une fois des pépins dans le verre, je la flanque à la porte. » Il cracha le pépin sur le tapis.

« Ramasse, Henry, et mets-le dans la corbeille, ordonna-t-il.

— Mon oncle, fit Gregory dans un rictus, après avoir ramassé le pépin, comment va ta jambe ? Nous avons de bonnes nouvelles…

— Tais-toi, le coupa le vieil homme d'une voix râpeuse. Quand je demande à Henry de faire quelque chose, je veux que ce soit *Henry* qui obéisse. Vous avez beau être des jumeaux, je suis parfaitement capable de vous distinguer l'un de l'autre. Donc, Gregory, reprends ce pépin dans la corbeille et laisse Henry faire ce que je lui ai demandé.

« Toute ma vie je me suis arrangé pour que les choses soient *impeccables*. J'ai conservé ma bibliothèque parfaitement en l'état. J'ai conservé ma chambre exactement en l'état. J'ai conservé la maison en l'état. Je suis allé en ville travailler. Je suis allé à l'église prier – exactement de la même manière. J'ai pensé et agi comme il le fallait. Ma grande force en tant que maire, ce ne fut pas moi mais mes saines habitudes…

— Oh, tu seras réélu, mon oncle, fit l'un des frères d'une voix enjouée. Mais pour l'heure, nous avons de bonnes nouvelles pour toi…

— Diantre, mon garçon, mais bien sûr que je serai réélu ! l'interrompit l'invalide. Je ne parle pas de ça. » D'un geste, il réclama un oreiller en plus. « Ma grande inquiétude, c'est vous deux. Feu votre père voulait que je m'occupe de vous. Mais mon Dieu, que puis-je faire ? Je me suis cassé la jambe – je vais la perdre, vous savez. Je veux que vous fassiez partie de mon équipe au bureau jusqu'à ce que je sois remis. Nom d'une pipe ! C'est une chose de perdre une jambe, mais de là à perdre une élection à cause de la stupidité de quelqu'un d'autre ! Et, dites, avez-vous touché aux mots croisés par terre ?... Bien, il faut que je me détende.

— Nous avons de bonnes nouvelles, mon oncle… »

Mais il s'était replongé sous ses couvertures. Sa rage s'estompait. Il remarqua le rayon de soleil qui jouait sur le dessus de son lit. « D'abord, écoutez-moi. » Sa voix était triste.

« J'ai eu une bonne vie. » Il se tourna vers eux. « Mais je ne me suis jamais amusé. Jamais le moins du monde. J'ai été trop occupé pour me marier. J'ai laissé les femmes de côté. Je n'ai pas fumé, ni bu, ni ju… Enfin… je pouvais jurer, mais ce n'est *pas* amusant. Et je n'ai jamais apprécié le golf, jamais réussi à descendre sous la barre des quatre-vingt-dix. Jamais aimé la musique non plus – ni la poésie, ou… » Il repensa à sa grille de mots croisés. Il se tut, resta silencieux. Son esprit suivait un drôle de cours, un cours inédit.

Le soleil saluait à présent son visage.

« Diantre, les garçons ! s'écria-t-il. Je n'avais encore jamais vu les choses sous cet angle ! La politique est une vaste grille de mots croisés – délicieux. Et (il s'assit droit comme un i) il en va de même de la vie ! Aaaaah ! » Il n'avait jamais souri ainsi. « Hier soir, Henry, je me suis dit que je pourrais peut-être faire quelque chose de ma vie, si seulement je gardais mes deux jambes. Mais à présent, estropié ou pas, je vois que je peux être exactement comme… exactement comme… (il jeta un regard circulaire dans la chambre). Oui ! exactement comme le soleil ! »

Il pointa un doigt tremblant et joyeux vers la boule de feu.

« Notre oncle ! » rirent les jumeaux, et Henry dit : « Tu vas garder tes jambes. C'est ça la bonne nouvelle ! Le médecin a déclaré que l'amputation n'était pas nécessaire. Tu devrais te remettre à marcher le plus tôt possible. Demain après-midi, nous prendrons tous les trois le bus pour aller en ville ! »

II

Un 78 tours tournait sur la platine. D'un petit haut-parleur sortait un superbe et émouvant solo de trompette. La fille se leva du banc sur lequel elle était assise. Elle appuya sur le bouton et les sonorités aiguës de la trompette moururent dans un hoquet.

La musique l'avait dérangée ; elle était en train de rêver à son enfance.

À l'extérieur de la petite cabine, les deux hommes étaient cernés par des rangées et des rangées d'albums. L'un des deux sortit le disque d'un quatuor de Beethoven et le tendit à l'autre.

« Vous pourrez écouter ce disque, monsieur, dès que la jeune femme aura terminé.

— Inutile, répondit l'autre en riant, je pense pouvoir faire confiance au Quatuor de Budapest sans avoir à l'écouter. » La jeune femme sortit de la cabine d'écoute et posa cinquante-cinq cents sur le comptoir.

« Je le prends », annonça-t-elle en tenant le disque à la main. Et c'est ainsi que l'homme et la jeune fille sortirent du magasin de disques, chacun un album sous le bras.

« Chaude journée, commença-t-elle.

— Oh, répondit-il, la journée n'annonce rien de bon pour moi. La nuit non plus, d'ailleurs.

— Vous avez ce sentiment, vous aussi ? s'enquit-elle en se retournant vivement. Vous avez l'impression d'être... d'être comme une locomotive sur les rails... qui va je ne sais où ? » Elle se mit à rougir – c'était un inconnu après tout. « Mais je suis sérieuse, voyez-vous le moindre intérêt à vivre ?

— Je n'ai pas de nuit ; je n'ai pas de jour, répliqua-t-il avec sincérité. Je n'ai en vérité qu'une seule chose. » Il brandissait son album. « Toute ma vie ne tient que grâce à la musique. » Il se tourna vers la jeune fille. Il constata qu'elle était belle, en effet, mais c'était moins les traits de son visage que le charme qui s'en dégageait. D'un mouvement amical, il mit sa main dans celles de la jeune fille. « Vous passez par le parc ?

— Je peux », répondit-elle et elle s'engagea avec lui sur le sentier. Une minute plus tard, ils arrivèrent à un banc de bois entre deux arbres.

« Je m'arrête toujours ici un moment, annonça-t-il en relâchant la main de la jeune fille. Peut-être nous reverrons-nous. »

Les joues de la jeune fille s'empourprèrent. Elle tremblait légèrement et, tout en effleurant le manteau de l'homme, elle chuchota : « Cela ne vous ennuie pas que je m'assoie avec vous ? Oh, *je vous en prie* ! Il le faut ! » Elle resta debout, silencieuse.

Il se mordit les lèvres, prit délicatement l'album qu'elle tenait à la main et, le plaçant sur le banc avec le sien, la fit asseoir à côté de lui. Un moment plus tard, il l'attira plus près de lui, puis, lentement, plaça un bras derrière elle.

« J'avais peur d'espérer, murmura-t-il, car dès l'instant où je vous ai vue, j'ai su pourquoi la musique était si importante pour moi. C'était une sorte de substitut – un glorieux substitut, pour quelque chose de plus raffiné… pour quelque chose… quelque chose (il la regarda) comme vous. »

Ils restèrent assis là, chacun subjugué par le charme de l'autre.

« La terre tourne autour de nous comme un énorme disque, continua-t-il. Ce disque, on l'entend

– entendez, écoutez, regardez – c'est le chant de la vie !

— C'est que la musique est partout. Ces arbres, cette herbe, ce ciel accompagnent notre rythme. » Il tendit un bras. « Oh, mon amour ! » Il se pencha et l'embrassa.

« Demain après-midi, nous prendrons le bus et nous irons en ville pour la publication des bans, et le reste.

— Oui », chanta-t-elle en ajustant le col de l'homme.

I

Chère mère,

Je prends ma modeste plume pour rédiger cette note, chère mère. Je vois au-delà de ma faiblesse et de celles de mes semblables. Cependant, seulement depuis que le soleil s'est levé ce matin.

Les dix premières années de ma vie, je n'ai eu que moi, moi, moi et moi seul. Je ne me souciais que des choses que tu me donnais. Je voulais de la nourriture, du sommeil, et du plaisir. J'étais exclusivement tourné sur moi-même, tel un singe. Je me moquais de savoir qui était à mes côtés et pourquoi.

Et puis, les années qui suivirent m'ont instillé le sens croissant d'une « présence ». Présence de quoi, je l'ignorais, je savais seulement que si j'agissais bien, cette « présence » souriait. Mais lorsque je ne pensais qu'à moi-même, et donc causais du tort à autrui, alors cette « présence » se renfrognait.

À la longue, je me suis mis à aimer cette « présence » et à l'appeler Dieu. Elle m'aidait à voir que c'était la vérité de la vie. Je compris qu'elle devait être suivie et tâchai de m'en approcher. Mais elle disait : « Tu n'es pas prêt » et rôdait à proximité.

Je fus découragé en découvrant que cette présence m'échappait. Je lui dis crûment de s'en aller, de repartir – presque jusqu'au premier stade de ma vie. Je me mis à fumer, à jurer, j'eus du bon temps – crus n'en avoir cure.

Mais ensuite, cette « présence » me chuchota des encouragements. J'écoutais. Elle faisait jaillir devant moi une telle lumière que je ne pus m'empêcher d'essayer. Cette lumière, je craignais seulement de ne point pouvoir l'atteindre avant de mourir.

Dans le combat, je découvris ma fragilité. Et Dieu, dans ses chuchotements, me montra aussi mes forces. Et c'est ainsi que je découvris une autre méthode : à défaut, un credo personnel était nécessaire pour couvrir à la fois les dons et les revers.

Effectivement, cela fit merveille, car la difficulté de l'accomplissement me donna l'occasion de connaître et d'éprouver ma force.

Cependant, je trouvais que ce credo ne pouvait pas être accompli, alors j'y ajoutai la « présence de Dieu », qui, assurément, justifiait toute douleur et tout désagrément.

Même ainsi, la lumière n'advenait pas. Je luttais désormais uniquement pour SA PRÉSENCE *en moi ; et pourtant, je ne l'avais pas. Je Le laissais me parler ; je Le suppliais de me parler. Je suivais Ses préceptes ; j'essayais d'accomplir Sa volonté.*

Et donc le soleil m'a apporté un cadeau aujourd'hui. Chère mère, « il » est venu à moi – et le jour idéal, qui plus est. Le jour idéal, parce que j'ai enfin mon acceptation au sein des Forces armées des États-Unis d'Amérique. Je prendrai le bus demain.

Ton fils qui t'aime

0

Associated Press – « Dix personnes ont péri ce soir dans le pire accident de la route de la saison. En fin d'après-midi, un bus a percuté un camion qui arrivait d'en face et s'est retourné. Parmi les morts, quatre hommes d'affaires, le maire d'une petite ville et une jeune femme. Pour la liste complète des défunts, voire page trente-deux. »

« Car chacun doit faire son salut à sa façon. »

Âmes sœurs

« Bien sûr, cela m'a fait tout drôle. Il est tombé de là-haut, or il y a une distance énorme du garde-fou du pont au fleuve : à peine une éclaboussure. Et il n'y avait absolument personne alentour. » Mme Martin Rittenhouse marqua un silence pour pousser un soupir et remuer son thé. « Je portais une robe bleue quand c'est arrivé. Une robe ravissante – assortie à mes yeux. Le pauvre Martin l'aimait beaucoup.

— Mais je crois savoir que la noyade, ce n'est pas déplaisant, dit Mme Green.

— Oh oui, en effet : extrêmement plaisant, comme façon de… de trépasser. Oui, je pense que si le pauvre homme avait pu choisir sa façon de décéder, je suis certaine qu'il aurait préféré… l'eau. Et je sais que cela peut paraître rude, mais je ne peux prétendre ne pas avoir été ravie d'être débarrassée de lui.

— Ah bon ?

— Il buvait, entre autres, confia Mme Rittenhouse d'un air sombre. Il avait aussi quelque peu tendance à être trop affectueux, à... badiner. Et à baratiner.

— À mentir, vous voulez dire ?

— Entre autres. »

La pièce dans laquelle les deux femmes discutaient était étroite, haute de plafond : un cadre confortable, mais sans charme particulier. Des tentures d'un vert fané étaient tirées pour se protéger d'un après-midi d'hiver ; un feu ronronnait, assoupi, dans une cheminée de pierre, reflétant des flaques jaunes dans l'œil d'un chat langoureusement lové à côté de l'âtre ; une grappe de clochettes, enroulées autour du cou du chat, émettait un tintement de glaçons chaque fois qu'il bougeait.

« Je n'ai jamais aimé les hommes prénommés Martin », dit Mme Green.

Mme Rittenhouse, l'invitée, opina du chef. Elle était juchée avec raideur sur une chaise d'aspect fragile, barattant constamment son thé avec une tranche de citron. Elle portait une robe violine et un chapeau noir en forme de pelle sur des cheveux gris bouclés qui ressemblaient à une perruque. Elle avait un visage fin, mais construit autour de traits sévères, comme modelé par un sens rigoureux de la discipline : un visage qui semblait se satisfaire d'une unique expression affligée.

« Ni ceux prénommés Harry », ajouta Mme Green, dont le mari se prénommait précisément ainsi. Mme Green et ses quatre-vingt-dix et quelques kilos (dissimulés dans un déshabillé) occupaient confortablement la majeure partie d'un canapé trois places. Son visage était énorme et chaleureux et ses sourcils, épilés jusqu'à avoir pratiquement disparu, étaient tracés au crayon d'une telle absurde manière qu'on aurait dit que quelqu'un l'avait surprise au beau milieu d'un acte privé honteux. Elle se limait les ongles.

Il existait entre ces deux femmes un lien difficile à définir : non pas de l'amitié, mais quelque chose de plus. Mme Rittenhouse n'était sans doute pas loin d'avoir mis le doigt dessus lorsqu'elle avait déclaré une fois : « Nous sommes des âmes sœurs. »

« Tout cela s'est passé en Italie ?

— En France, rectifia Mme Rittenhouse. À Marseille, pour être précise. Une ville merveilleuse – charmante – tout en ombres et en lumières. Pendant sa chute, j'ai entendu Martin hurler : assez sinistre. Oui, Marseille est une ville excitante. Il ne savait pas du tout nager, le pauvre homme. »

Mme Green cacha la lime à ongles entre les coussins du canapé. « Personnellement, je n'éprouve aucune pitié, dit-elle. J'aurais été à votre place – ma foi, il aurait même eu droit à un petit coup de pouce pour passer par-dessus ce garde-fou.

— Vraiment ? s'étonna Mme Rittenhouse, dont le visage s'éclaira légèrement.

— Mais bien sûr. J'ai toujours eu du mal à le supporter. Vous vous souvenez ce que vous m'avez raconté à propos de l'incident à Venise ? À part cela, il fabriquait des saucisses ou je ne sais quoi, n'est-ce pas ? »

Mme Rittenhouse pinça ses lèvres en une moue amère. « C'était le roi de la saucisse. C'est en tout cas ce qu'il prétendait toujours. Mais je ne devrais pas me plaindre : la société s'est vendue pour une somme mirobolante, même si je ne comprends pas bien ce qui peut pousser les gens à manger des saucisses.

— Et regardez-vous, trompetta Mme Green, en agitant une main bien dodue. Regardez-vous – une femme libre. Libre d'acheter ce qui vous chante. Alors que moi.... » Elle joignit les doigts et secoua la tête avec solennité. « Une autre tasse de thé ?

— Merci. Un sucre, je vous prie. »

Des étincelles jaillirent lorsqu'une bûche s'affaissa dans le feu. Une horloge en similor, posée sur le manteau de la cheminée, émit cinq colonnes sonores dans le silence ambiant, annonçant cinq heures.

cela coûte très, très cher. Et puis, nous sommes mariés depuis dix-neuf ans (et nous avons été fiancés pendant cinq ans auparavant), et s'il me venait ne serait-ce que de suggérer une telle chose, je suis certaine que le choc serait tout simplement…

— Tuez-le », conclut Mme Rittenhouse, et elle s'empressa de baisser les yeux sur sa tasse de thé. Un afflux de sang vint rosir ses joues, et elle fit une moue qu'elle chassa avec une étonnante rapidité. Au bout d'un moment, elle dit : « J'envisageais un voyage au Mexique. Il y a un endroit charmant sur la côte, qui s'appelle Acapulco. De nombreux artistes y résident : ils peignent la mer au clair de lune…

— Le Mexique. Me-hi-co, dit Mme Green. Le nom chante de lui-même. Ac-a-pul-co, Me-hi-co. » Elle fit claquer sa paume sur l'accoudoir. « Diantre, ce que je donnerais pour y aller avec vous.

— Pourquoi pas ?

— Pourquoi pas ! J'entends d'ici Harry dire : "Bien sûr, de combien as-tu besoin ?" Oh, je l'entends d'ici ! » Elle frappa l'accoudoir de nouveau. « Naturellement, si j'avais de l'argent à moi – enfin bon, je n'en ai pas, donc inutile de tirer des plans sur la comète. »

Mme Rittenhouse fixa le plafond d'un œil songeur ; lorsqu'elle parla, ses lèvres bougèrent à peine. « Mais Henry a de l'argent, lui, n'est-ce pas ?

— Un peu – son assurance-vie – dans les huit mille à la banque – c'est tout, répliqua Mme Green, et il n'y avait rien de désinvolte dans le ton qu'elle employa.

— Ce serait l'idéal, dit Mme Rittenhouse en appuyant une main fine, douce comme du crépon, sur le genou de l'autre femme. L'idéal. Seulement nous deux. Nous louerons une petite maison de pierre dans les montagnes, qui dominera la mer. Et dans le patio (car il nous faudra un patio), il y aura des arbres fruitiers et du jasmin, et certains soirs nous suspendrons des lampions japonais et nous organiserons des soirées pour tous les artistes...

— Formidable !

— ... et nous emploierons un guitariste pour jouer la sérénade. Tout cela sera une splendide succession de couchers de soleil, de ciels piquetés d'étoiles lumineuses, de charmantes promenades au bord de la mer. »

Pendant un long moment, elles échangèrent un regard curieux et scrutateur ; et un mystérieux arrangement s'épanouit entre elles, qui se métamorphosa chez l'une et l'autre en un sourire, lequel, pour Mme Green, se mua en un gloussement. « C'est idiot, dit-elle. Je ne pourrais jamais mettre à exécution une chose pareille. J'aurais peur de me faire prendre.

— De Paris, je suis allée à Londres », reprit Mme Rittenhouse, retirant sa main, inclinant la tête avec gravité. Elle ne pouvait pas masquer sa déception. « Un endroit déprimant : une chaleur atroce l'été. Un ami m'a présenté le Premier ministre. Il a été...

— Poison ?

— ... tout à fait charmant. »

Les clochettes tintèrent quand le chat s'étira et se lécha les pattes. Telle une ombre, il parada dans la pièce, la queue en panache, dressée en l'air, comme une baguette de plumes ; à plusieurs reprises il vint se frotter contre la jambe colossale de sa maîtresse. Elle le souleva, le tint contre sa poitrine, et lui planta un baiser bruyant sur le nez. « C'est l'ange à sa maman, ça.

— Les microbes », déclara Mme Rittenhouse.

Le chat reprit sa place avec langueur et observa Mme Rittenhouse d'un regard impertinent. « J'ai entendu parler de poisons dont on ne peut retrouver aucune trace, mais tout cela est vague, un peu trop comme dans les livres, dit Mme Green.

— Le poison, jamais. Trop dangereux, trop facilement décelable.

— Mais *supposons* que nous ayons à nous débarrasser de quelqu'un. Comment procéderiez-vous ? »

Mme Rittenhouse ferma les yeux et fit glisser le bout de son doigt sur le rebord de la tasse. Plusieurs mots vinrent se bousculer à la lisière de ses lèvres, mais elle demeura silencieuse.

« Pistolet ?

— Non. Certainement pas. Les armes à feu créent toutes sortes de complications. En outre, je ne crois pas que les compagnies d'assurance reconnaissent le suicide – or il faudrait que cela passe pour un suicide. Non, le mieux ce sont les accidents.

— Mais il faudrait que ce soit l'œuvre de Notre Seigneur.

— Pas nécessairement. »

Mme Green, tout en tirant sur une de ses mèches folles, dit : « Oh, arrêtez de jouer aux devinettes : quelle est la réponse ?

— Je crains qu'il n'y ait pas qu'une réponse valable, dit Mme Rittenhouse. Cela dépend beaucoup de la situation. Bien sûr, dans un pays étranger, ce serait plus simple. Les policiers marseillais, par exemple, se sont fort peu intéressés à l'accident de Martin : leur enquête n'a pas été très poussée. »

Un air de vague étonnement éclaira le visage de Mme Green. « Je vois, dit-elle lentement. Sauf qu'ici, ce n'est *pas* Marseille. » Peu après elle ajouta :

« Harry nage comme un poisson : il a remporté une coupe à Yale.

— Quoi qu'il en soit, reprit Mme Rittenhouse, ce n'est nullement impossible. Je vais vous faire part de ce que j'ai lu récemment dans la *Tribune* : "Chaque année, la proportion de morts consécutives à des chutes dans des baignoires augmente par rapport à la totalité des autres accidents cumulés." » Elle marqua un temps d'arrêt et dévisagea intensément Mme Green. « Cela fait réfléchir, vous ne trouvez pas ?

— Je ne suis pas certaine de vous suivre… »

L'amorce d'un sourire cassant fit une apparition à la commissure des lèvres de Mme Rittenhouse ; ses mains se joignirent, le bout de ses doigts formant une pointe nette, veinée de bleu. « Ma foi, commença-t-elle, supposons que le soir où la… la tragédie… est prévue, il y ait un problème avec, disons, un robinet de la salle de bain. Que fait-on ?

— Je ne sais pas : que fait-on ? demanda à son tour Mme Green en fronçant les sourcils.

— Ceci : on l'appelle et on lui demande si ça ne l'ennuierait pas de venir un moment. Vous lui indiquez le robinet, et à ce moment-là, pendant qu'il se penche pour voir ce qui se passe, vous frappez à la base du crâne – *juste là, à l'arrière, voyez-vous ?* – avec quelque chose de bien lourd. C'est tout bête. »

Mais Mme Green continuait à froncer les sourcils. « Honnêtement, je ne vois pas en quoi c'est un accident.

— Pourquoi vouloir toujours tout prendre au pied de la lettre ?

— Mais je ne vois pas...

— Chut, dit Mme Rittenhouse, écoutez-moi. Voici ce que l'on ferait ensuite : déshabiller le sujet, remplir la baignoire à ras bord, faire tomber un savon et immerger... le cadavre. » Son sourire réapparut et s'accentua en un croissant plus large. « Quelle est la conclusion évidente ? »

Voilà qui captivait totalement Mme Green, dont les yeux étaient écarquillés. « Je ne sais pas, dit-elle dans un souffle.

— Il a glissé sur le savon, s'est cogné la tête et s'est noyé. »

L'horloge annonçait six heures, le tintement des notes se dissipa dans le silence. Le feu s'était petit à petit transformé en un lit de charbon somnolent, et une froidure sembla s'installer dans la pièce, comme un filet tissé de glace. Les clochettes du chat marquèrent un changement d'ambiance au moment où Mme Green le reposa lourdement au sol, se leva et s'avança jusqu'à la fenêtre. Elle écarta les tentures et contempla au-dehors ; le ciel était exsangue de couleurs ; il commençait à pleuvoir : les premières gouttes perlèrent à la vitre, déformant un sinistre reflet de Mme Rittenhouse, auquel Mme Green adressa sa dernière remarque : « Pauvre homme. »

Au commencement du monde

Mlle Carter expliquait la notion d'excentricité en algèbre depuis maintenant presque vingt minutes. Sally leva la tête d'un air dégoûté, l'aiguille de l'horloge de la salle de classe avançait à la vitesse d'un escargot, encore vingt-cinq minutes, et ensuite la liberté – douce, précieuse liberté.

Elle regarda la feuille de papier jaune devant elle pour la centième fois. Vierge. Enfin, bon ! Sally regarda autour d'elle, fixa avec mépris les élèves qui travaillaient dur leur exercice de mathématiques. « Pfff, songea-t-elle, s'ils croient que c'est en additionnant plein de chiffres et des x qui ne riment à rien qu'ils vont réussir leur vie. Pfff, attends un peu qu'ils découvrent le monde. »

Elle ne savait pas exactement ce qu'ils entendaient par « découvrir le monde ou la vie » ; toutefois ses aînés avaient réussi à lui faire entendre que c'était un horrible supplice qu'elle allait devoir subir dans un avenir certain.

« Oh oh, grommela-t-elle, voilà Robot. » Elle affublait Mlle Carter du sobriquet de « Robot » parce que c'est à cela que Mlle Carter lui faisait penser : une machine parfaite, précise, bien huilée, froide et luisante comme de l'acier. En catastrophe elle s'empressa de griffonner un fouillis de chiffres illisibles sur la feuille de papier jaune. « Au moins, songea Sally, elle croira peut-être que je suis en train de travailler. »

Mlle Carter passa à côté d'elle sans même lui adresser un regard. Sally prit une profonde inspiration. Robot !

Elle était assise à côté de la fenêtre. La salle de classe était au deuxième étage du lycée et, de là où elle était, elle avait une vue magnifique. Elle se tourna pour contempler l'extérieur. Ses yeux se dilatèrent, son regard devint flou et se perdit dans le vague…

« Nous avons le plaisir cette année de décerner l'Oscar de la meilleure interprétation féminine à Mlle Sally Lamb pour sa performance exceptionnelle dans *Désir*. Mademoiselle Lamb, je vous prie en mon nom et au nom de mes associés de bien vouloir accepter cet Oscar. »

Une femme splendide, d'une grande beauté, tend la main et prend la statuette d'or dans ses mains.

« Merci, susurra-t-elle d'une voix profonde et chaude. Il me semble que lorsque quelque chose d'aussi merveilleux vous arrive, vous êtes censée prononcer un discours, mais je suis tout simplement trop heureuse pour dire quoi que ce soit. »

Sur ce, elle se rassoit tandis que les applaudissements crépitent à ses oreilles. Bravo, mademoiselle Lamb. Hourra. Tonnerre d'applaudissements. Champagne. Je vous ai réellement plu ? Un autographe ? Mais certainement… Redites-moi votre prénom, jeune homme… John ? Oh, en français, Jean… Très bien… « Pour Jean, un ami cher, Sally Lamb. » Un autographe, s'il vous plaît, mademoiselle Lamb, un autographe, un autographe… Star, argent, célébrité, magnifique, glamour… Clark Gable…

« Est-ce que tu écoutes, Sally ? » Mlle Carter avait l'air très en colère. Sally sursauta. « Oui, madame.

— Bien, dans ce cas, puisque tu es si attentive, tu vas sans doute pouvoir résoudre le problème que je viens de noter au tableau. » Mlle Carter balaya du regard la classe avec dédain.

Sally fixait désespérément le tableau noir. Elle sentait le regard froid de Robot posé sur elle et entendait ricaner le reste de la classe. Elle aurait pu toutes les étrangler jusqu'à faire jaillir leur langue de la bouche. Les garces. Oh flûte, tout cela la dépassait, ces chiffres, ces carrés, ces x de dingue, du grec !

« C'est bien ce que je pensais, annonça Robot sur un ton triomphal. Oui, exactement ce que je pensais ! Tu étais de nouveau je ne sais où, en train de rêvasser. J'aimerais bien savoir ce qui se passe dans ta petite caboche – cela n'a certainement rien à voir avec le travail scolaire. Pour une jeune fille aussi… aussi sotte que toi, tu pourrais au moins nous faire le plaisir d'être attentive. Cela ne regarde pas que toi, Sally, c'est toute la classe que tu perturbes. »

Sally baissa la tête et traça des petits gribouillis déments sur toute sa feuille. Elle savait qu'elle avait le visage rouge comme une tomate, mais elle n'allait pas être comme ces autres idiotes qui ricanaient et continuaient à chaque fois que le professeur les réprimandait – y compris la vieille Robot.

DERNIERS POTINS :

La jeune première la plus célèbre de la saison, Sally Lamb pour ne pas la nommer, a été vue au Stork Club, flirtant avec le millionnaire Stevie Swift…

« Oh, Marie, Marie, lançait la magnifique jeune femme allongée sur l'immense lit de soie. Apporte-moi le nouveau numéro du magazine *Life*.

— Oui, mademoiselle Lamb, répondait la domestique française guindée.

— Dépêche-toi, je te prie, lui intimait l'héritière impatiente. Je veux voir si ce photographe m'a fait honneur ; ma photo est en couverture cette semaine, tu sais. Oh, et puis pendant que tu y es, apporte-moi un Alka-Seltzer – terrible mal de tête, trop de champagne, j'imagine. »

RADIO :

La riche jeune fille fait ce soir une entrée fracassante au grand événement mondain de la saison : Sally Lamb est en effet invitée au fameux grand bal de l'année. Un immense bravo à ceux qui pourront s'y rendre ! Crépitement de flashes…

« Je vais vous demander de me faire passer vos copies, dépêchez-vous, s'il vous plaît ! » Mlle Carter tapotait impatiemment des doigts sur son bureau.

Sally poussa sa copie illisible par-dessus l'épaule du garçon au visage rose assis juste devant elle. Des mômes. Pfff. Elle attira à elle son cartable en tissu écossais, fouilla à l'intérieur et en sortit un poudrier, un bâton de rouge à lèvres, un peigne et un Kleenex.

Elle se regarda dans le miroir incrusté de poudre, tout en étalant le rouge sur ses lèvres joliment dessinées. Framboise.

La grande dame aux formes sinueuses admirait son image devant une gigantesque glace à fils d'or dans l'une des plus spectaculaires résidences d'Allemagne. Elle remit un cheveu volage dans sa coiffure argentée.

Un beau gentleman brun se pencha et embrassa l'épaule nue de la dame. Elle esquissa un vague sourire.

« Ah Lupé, vous êtes en beauté ce soir. Vous êtes ravissante, Lupé. Votre peau, si blanche, vos yeux… *Ach*… vous ne pouvez imaginer l'effet que cela me fait.

— Hum, roucoula la dame, c'est là, mon général, que vous vous trompez. » Elle étendit le bras et prit sur la table en marbre deux verres de vin. Elle mit trois pilules dans le verre qu'elle tendit au général.

« Lupé, il faut que je vous voie plus souvent. Nous dînerons ensemble tous les soirs à mon retour du front.

— Ohhh, faut-il absolument que mon petit trésor aille là où la bataille fait rage ? » Ses lèvres framboise étaient proches des siennes. Comme tu es maligne, Sally, se dit-elle.

« Lupé sait bien qu'il faut que je conduise les manœuvres militaires conformément aux plans, n'est-ce pas, Lupé ?

— Ces plans, d'ailleurs, les avez-vous sur vous ? s'enquit la charmante membre de la cinquième colonne.

— Bougre, mais oui, bien entendu. » Elle voyait qu'il était en train de perdre connaissance, ses yeux devenaient vitreux et il avait l'air très saoul. Le temps que la Mata Hari termine son millésime 1928, le général gisait à ses pieds.

Elle se pencha sur lui et entreprit de fouiller les poches de son manteau. Soudain elle entendit des bruits de bottes à l'extérieur – son cœur bondit dans sa poitrine…

La cloche retentit bruyamment. Les élèves se bousculèrent vers la porte de la classe. Sally remit ses accessoires de maquillage dans son cartable, rassembla ses livres et s'apprêta à sortir.

« Une minute, Sally Lamb », intervint Mlle Carter. Robot, à nouveau. « Viens donc me voir – je veux te parler. »

Le temps qu'elle arrive au bureau, Mlle Carter avait fini de remplir un formulaire qu'elle lui tendit.

« Tiens, c'est une feuille de retenue. Tu es consignée tout l'après-midi. Je t'ai dit je ne sais combien de fois que je ne veux pas que tu te pomponnes en classe. Veux-tu que nous attrapions tous tes microbes ? »

Sally se mit à rougir. Toute référence directe ou indirecte à son anatomie la contrariait.

« Et, autre chose, jeune fille, tu n'as pas rendu ton devoir à faire chez toi… Ma foi, comme je te l'ai dit, les devoirs à la maison, c'est toi que ça regarde, pas moi… »

Sally se demanda vaguement ce que Robot voulait dire par là.

« … Tu sais, bien sûr, que tu auras une très mauvaise note dans cette matière. C'est un vrai mystère pour moi que l'on gâche à ce point son temps – je ne comprends pas, pas du tout. Je pense qu'il serait préférable que tu cesses de suivre ce cours, parce que, pour être franche, je ne crois pas que tu sois intellectuellement en mesure de suivre. Je… je… attends un peu… non mais où vas-tu comme ça… ? »

Sally avait jeté ses livres sur le bureau avant de quitter la salle en courant. Elle savait qu'elle allait pleurer et elle ne voulait pas – pas devant Robot.

De toute façon, qu'elle aille se faire voir ! Que sait-elle de la vie ? Tout ce qu'elle connaît c'est un tas de chiffres – qu'elle aille au diable !

Sally s'enfuit dans les couloirs bondés.

La torpille avait frappé environ une demi-heure plus tôt et le navire coulait rapidement. C'était une chance ! Sally Lamb, la journaliste la plus en vue d'Amérique, justement sur le lieu du drame. Elle avait sorti son appareil photo de sa cabine inondée. Et elle prenait à présent des photos des réfugiés qui montaient à bord des canots de sauvetage et de ceux qui, comme elle, luttaient contre la mer démontée.

« Hé, mademoiselle, lança un des marins. Dites, feriez mieux de monter dans ce canot de sauvetage. Je crois que c'est le dernier.

— Non merci, hurla-t-elle par-dessus le vent qui sifflait et l'eau qui rugissait. Je vais rester là jusqu'à ce que mon reportage soit terminé. »

Sally éclata soudain de rire. Mlle Carter et ses x et ses chiffres semblaient bien, bien loin. Elle était parfaitement heureuse ici, avec le vent qui soufflait dans ses cheveux et la Mort qui l'attendait au tournant.

POSTFACE

Truman Capote était adolescent ou jeune homme lorsqu'il écrivit les quatorze nouvelles figurant dans le présent recueil. Il s'agit de nouvelles de jeunesse d'un écrivain qui allait devenir un des maîtres du XXe siècle. De par leur nature même, ce ne sont pas des œuvres de maturité mais plutôt les efforts d'un jeune auteur qui affine son art. « J'ai commencé à réellement écrire, disons sérieusement, à l'âge de onze ans, déclara Capote. Je dis sérieusement dans le sens où, comme d'autres enfants rentrent à la maison pour pratiquer le violon, le piano ou je ne sais quoi, j'écrivais quant à moi environ trois heures par jour. J'étais obsédé par l'écriture. »

Nombre de manuscrits – déposés parmi les archives Truman Capote à la New York Public Library – montrent les corrections et les révisions apportées par Capote à ses textes. Les passages raturés et les notes dans la marge sont le signe d'un jeune auteur de talent bien décidé à s'améliorer. Au fil de ces histoires, on voit par éclairs de nombreuses spécificités de la prose de Capote – des phrases claires, un langage imagé précis, une langue à la fois vigoureuse et légère. Avec des formules telles que « un feu ronronnait, assoupi, dans une cheminée de pierre, reflétant des flaques jaunes dans l'œil d'un chat » et « l'eau jaillissait des fontaines en une vapeur de cristal » on peut entendre une version antérieure de la voix qui nous captiverait plus tard dans des nouvelles telles que « Un arbre de nuit » et « La guitare de diamants ». Les manuscrits nous donnent à voir quelque chose de rare : le processus qui fait qu'un auteur formidablement doué doit néanmoins faire son apprentissage. Les nouvelles apportent amplement la preuve que Capote avait, très jeune, trouvé sa propre voix et qu'en même temps il a dû travailler dur pour continuer à se perfectionner.

Ces textes montrent aussi que très tôt se manifeste un des dons les plus puissants de Capote : l'empathie. Dans la plupart de ses écrits, Capote fait preuve de compassion pour le laissé-pour-compte, l'autre – l'homme ou la femme, le garçon ou la fille qui évolue en marge de la société et de ses attentes. Dans ces nouvelles de jeunesse, on voit

Capote attiré par des figures qui ne vivent pas, ou n'arrivent pas à vivre, au cœur de leur monde : des hommes sans domicile fixe, des enfants seuls, une jeune métisse qui dissimule ses origines familiales dans une école pour jeunes filles blanches, une vieille femme à l'article de la mort, une Afro-Américaine du Sud qui se retrouve à New York, loin de chez elle. Tout comme les manuscrits montrent un jeune auteur qui affine ses phrases en travaillant et en se corrigeant sans relâche, ces nouvelles nous donnent aussi un aperçu de la manière avec laquelle Capote développe son pouvoir d'empathie en imaginant les vies de toutes sortes de gens fort différents. La profonde compassion que l'on trouve dans les chefs-d'œuvre de Capote se nourrit en partie de ces premières fictions.

Comme pour toute œuvre de jeunesse, les résultats sont imparfaits. Hilton Als, dans la préface à l'édition américaine, remarque les limites du jeune Capote lorsqu'il tente d'incarner un personnage afro-américain. Plutôt que de s'appuyer sur sa propre imagination, Capote recourt parfois au trope ou au stéréotype. De temps en temps, les personnages féminins dans ces nouvelles sont plus gothiques que complexes. D'autres personnages sont plus archétypaux que réellement incarnés. Nonobstant, ces nouvelles, de par leurs sujets et leurs thèmes, montrent Capote aux premiers stades de son évolution, inspiré davantage par les marginaux et les vulnérables que par les puissants et les accomplis. Une explication à cela, bien sûr, est l'homosexualité de Capote, qui le marginalisait au sein des mondes qu'il habitait et le rendait vulnérable au dédain et à l'abandon, voire pire. Comme nombre d'auteurs gay avant et après lui, Capote s'éloigne de lui-même pour sonder son propre cœur. Alors que la plupart des jeunes écrivains font leurs débuts en couchant sur le papier une certaine version d'eux-mêmes. Dans nombre de ces nouvelles, nous trouvons le jeune Capote observant les autres plutôt que de s'observer lui-même dans le miroir, comme s'il avait déjà compris que l'empathie serait au centre de son art. Cette aptitude, travaillée et perfectionnée au fil d'années d'écriture, allait guider Capote à travers une carrière célèbre qui le conduirait finalement au Kansas en 1959. Dans son chef-d'œuvre, *De sang-froid,* Capote fait bien plus que raconter l'histoire d'une famille abattue dans sa ferme. Il recourt à toutes les qualités qui sont les siennes, en particulier l'empathie, pour comprendre et dépeindre toutes les facettes d'un crime brutal que la plupart ne pourraient que qualifier d'insensé.

Nous ne pouvons identifier avec certitude les dates auxquelles ces nouvelles ont été écrites ou revues par Capote. Sept d'entre elles furent publiées entre 1940 et 1942 dans *The Green Witch*, le magazine littéraire du lycée de Greenwich, dans le Connecticut, que Capote fréquenta de 1939 à 1942. « Terreur dans les marais », « La phalène dans la flamme », « La croisée des chemins », « Lucy », « Hilda », « Mademoiselle Belle » et « Louise », qui remporta le deuxième prix au concours littéraire du lycée. D'après la lauréate de ce concours, Capote fut « furieux » de ne pas avoir remporté le premier prix. Des années plus tard, Dorothy Doyle Gavan se le remémora dans un article de presse : « [Truman] s'est approché de moi en classe et m'a insultée. » Écrite probablement entre 1945 et 1947, « Âmes sœurs » est sans doute la plus tardive des nouvelles de jeunesse de Capote ; le fait qu'elle mette en scène des personnages désabusés dans les quartiers chics de l'Uptown indique combien New York et le début de l'âge adulte le changeaient en tant qu'auteur.

Les nouvelles ont été corrigées sur le plan de l'orthographe, de cohérence et, parfois, de clarté, mais la ponctuation parfois particulière de Capote a systématiquement été maintenue dans la mesure où le sens était clair. Les titres sont ceux de Capote, à une exception près : « This is for Jamie » (« Un cadeau pour Jamie ») s'appelait initialement « This is in Jamie ». Le déroulé de la nouvelle laisse supposer que le *in* du titre original était une erreur.

Toute publication posthume nécessite un équilibre entre prudence et ouverture d'esprit. Prudence afin de conserver l'héritage de l'auteur, et ouverture d'esprit dans le sens où il s'agit d'élargir notre compréhension de l'œuvre d'un écrivain ainsi que de partager avec les lecteurs ce qui n'est habituellement accessible qu'à un petit nombre. Le présent recueil ne rassemble pas la totalité de ses écrits de jeunesse. Les archives Capote recèlent plusieurs autres textes qui n'ont pas été choisis en raison de leur immaturité (l'un fut écrit à l'âge de onze ans). Le Truman Capote Literary Trust, qui gère sa succession, Random House et plusieurs autres interlocuteurs connaissant en profondeur Capote et son œuvre ont choisi les nouvelles qui figureraient dans le présent recueil. Les universitaires et les étudiants peuvent consulter les archives Capote pour voir les manuscrits originaux des textes ici publiés ainsi que de ceux qui ont été écartés.

Lorsque Truman Capote est mort, dans son sommeil, à Los Angeles en 1984, il laissait derrière lui un héritage littéraire qui avait enchanté des millions de lecteurs. Il laissait aussi une image publique désagréable : celle d'un alcoolique amer, déloyal et, ce qui était peut-être le plus triste, n'écrivant plus.

Il ne travaillait pas, et n'avait plus travaillé, disons plus vraiment, depuis des années. Au moment de sa mort, certains estimèrent qu'en dépit de son héritage littéraire – citons *Les Domaines hantés* ; *Petit déjeuner chez Tiffany* ; des douzaines de nouvelles ; et *De sang-froid* – il avait gâché son talent. Ces nouvelles de jeunesse offrent un contrepoint à cette image : un jeune auteur doué besognant à sa machine à écrire pour continuer de s'améliorer. Non pas le Truman Capote parlant d'une voix inarticulée à la télévision, mais celui, poussé par le désir de trouver le mot juste sur la page. John McPhee a écrit : « Tout ce qui se produit affecte tout ce qui se produit ensuite, c'est une loi du sport. » C'est également une loi qui s'applique à l'artiste. Ces nouvelles ont contribué à l'évolution du Truman Capote qui allait poursuivre sur sa lancée et écrire les œuvres que nous sommes si nombreux à apprécier. Elles nous montrent le génie qui précède le plein épanouissement.

DAVID EBERSHOFF, Random House

Le traducteur tient à remercier Jim Carroll, de la librairie San Francisco Books (Paris), pour son aide précieuse.

Cet ouvrage a été imprimé par
CPI BRODARD ET TAUPIN
pour le compte des éditions Grasset
en septembre 2016

Mise en pages PCA
44400 Rezé

PAPIER À BASE DE
FIBRES CERTIFIÉES

Grasset s'engage pour l'environnement en réduisant l'empreinte carbone de ses livres. Celle de cet exemplaire est de :
550 g éq. CO_2
Rendez-vous sur
www.grasset-durable.fr

N° d'édition : 19566 – N° d'impression : 3019191
Dépôt légal : octobre 2016
Imprimé en France